O sétimo dia

Editora Appris Ltda.
1.ª Edição - Copyright© 2025 dos autores
Direitos de Edição Reservados à Editora Appris Ltda.

Nenhuma parte desta obra poderá ser utilizada indevidamente, sem estar de acordo com a Lei nº 9.610/98. Se incorreções forem encontradas, serão de exclusiva responsabilidade de seus organizadores. Foi realizado o Depósito Legal na Fundação Biblioteca Nacional, de acordo com as Leis nos 10.994, de 14/12/2004, e 12.192, de 14/01/2010.

Catalogação na Fonte
Elaborado por: Josefina A. S. Guedes
Bibliotecária CRB 9/870

S729s 2025	Souza, Ruggeri O sétimo dia / Ruggeri Souza. – 1. ed. – Curitiba: Appris: Artêra Editorial, 2025. 117 p. ; 21 cm. ISBN 978-65-250-7384-2 1. Ficção brasileira. I. Título. CDD – B869.3

Livro de acordo com a normalização técnica da ABNT

Appris editora

Editora e Livraria Appris Ltda.
Av. Manoel Ribas, 2265 – Mercês
Curitiba/PR – CEP: 80810-002
Tel. (41) 3156 - 4731
www.editoraappris.com.br

Printed in Brazil
Impresso no Brasil

RUGGERI SOUZA

O sétimo dia

artêra
editorial

CURITIBA, PR
2025

FICHA TÉCNICA

EDITORIAL	Augusto V. de A. Coelho Sara C. de Andrade Coelho
COMITÊ EDITORIAL	Marli Caetano Andréa Barbosa Gouveia (UFPR) Edmeire C. Pereira (UFPR) Iraneide da Silva (UFC) Jacques de Lima Ferreira (UP)
SUPERVISORA EDITORIAL	Renata C. Lopes
PRODUÇÃO EDITORIAL	Daniela Nazário
REVISÃO	Andrea Bassoto Gatto
DIAGRAMAÇÃO	Bruno Ferreira Nascimento
CAPA	Carlos Pereira
REVISÃO DE PROVA	Ana Castro

Agradecimentos

Aos meus leitores ideais, aqueles que me fazem acreditar que a imaginação tem suas virtudes.

NOTA DO AUTOR

Deixei minha mente fluir ficcionalmente sobre alguns personagens históricos do Novo Testamento bíblico, por volta do ano 32 d.C., em um dia que pouco se comenta, mas que nele muita coisa poderia ter acontecido.

O SÉTIMO DIA

Prefácio

Conforme disse o escritor Antonio Candido, "a literatura é uma necessidade universal, experimentada em todas as sociedades, desde as que chamamos primitivas às mais avançadas; o homem tem necessidade de efabular". Para esse autor, não existe sociedade sem literatura. Certamente, o oposto também se confirma: não existe literatura sem sociedade, pois contar histórias provém da vontade que certos homens têm de criar códigos linguísticos capazes de expressar esteticamente valores, sentimentos e modos de existência construídos interpessoalmente.

Como pode um romance transpor para o universo limitado da linguagem escrita os aspectos de uma determinada sociedade? Dar uma resposta a essa pergunta não é algo fácil. O estudo das relações entre as manifestações literárias e a vida social se acha quase sempre obscurecido por uma série de formulações insatisfatórias, incompletas, pois o assunto tem muitas variáveis.

A literatura contribui para a indagação da vida, como estímulo à reflexão e ao pensamento. Ela é um convite à aventura da palavra e seus símbolos. Por isso, a boa literatura causa surpresa, dúvidas e estimula nosso pensamento. Ela pode também contribuir para a formação da personalidade humana, adquirindo uma função social específica, seja por responder a determinadas necessidades psicológicas de fantasia ou ficção, seja pelo papel educativo que pode desempenhar num sentido amplo.

No caso do livro *O sétimo dia*, o autor aborda um tema sagrado, bastante conhecido, cujo personagem principal é Jesus (Yeshua). Sua trajetória é conhecida, no entanto, neste texto, Ruggeri usa de sua imaginação criativa para conceber acontecimentos que "poderiam ter ocorrido" naquela época para tentar salvar Jesus da crucificação.

Chegaram até nós documentos e alguns registros daquilo que aconteceu com Jesus, o Filho do Altíssimo, sem contar com aquilo que "pode" ter acontecido e sido barrado pelas corrupções políticas que interferiram em tudo. Naturalmente, muita coisa foi omitida, tendo ocorrido muitas censuras e destruição de documentos, entre outros acontecimentos. Apesar disso, está aí a Bíblia e muitos documentos sobre Jesus, devido à Sua importância histórica, religiosa e política. Em seu texto, Ruggeri "se permitiu" criar algumas possibilidades diferentes para a vida de Jesus, dando valor ao seu trabalho.

O mais decisivo do livro não é o espaço em que transcorre a ação, mas o modo de narrar, de dar uma forma coesa à narrativa, em que os elementos, em sua aparente dispersão, fazem parte de uma estrutura. O espaço romanesco e sua dimensão simbólica não são gratuitos nem arbitrários, são partes constitutivas da narrativa. Ruggeri trabalhou bem desde o planejamento de seus capítulos, escolhendo nomes de personagens da época de Jesus. São nomes bíblicos, que certamente demandaram grande pesquisa e intuição do autor para citá-los, criá-los ou adaptá-los. Desde o início do texto pode-se notar o grande conhecimento que o autor tem das páginas bíblicas, pois sabe manejá-las muito bem. Ele usou uma linguagem leve, agradável e fácil de ler, com um grande poder de sedução.

Todos os lugares em que é ambientada esta história, onde viveram ou por onde passaram as personagens, foram pesquisados com cuidado, de modo a apresentar ao leitor o real espaço onde viveu Jesus. E tudo isso tem a ver com o verbo "imaginar". Não podem faltar ao escritor de romances a imaginação, a criatividade e a invenção, aliados à lógica, à coesão e à coerência dos textos e da história.

Sabe-se que a "imaginação" na escrita literária é mais do que um mero acessório. Ela é o coração pulsante da literatura, que dá vida e profundidade a cada palavra. A imaginação nos permite explorar "cenários e personagens", além do que é real, palpável, autêntico, abrindo a porta para o reino da fantasia e do desconhecido. Ela permite ao escritor ir além da simples descrição física ou de traços de personalidade, possibilitando a criação de personagens complexos, com suas próprias histórias, motivações, conflitos internos e transformações ao longo da narrativa.

A imaginação também facilita a "construção do enredo" e envolve a "habilidade de usar a linguagem" de maneira inventiva e original, facilitando o desenvolvimento de um estilo único de escrita. Portanto, a imaginação permeia todos os aspectos da criação literária, desempenhando um papel fundamental na habilidade do escritor de contar histórias originais e envolventes.

Com certeza, Ruggeri se baseou em passagens bíblicas, em histórias do Antigo e do Novo Testamento, nos filmes que assistiu sobre os temas, nos livros que leu, na observação detalhada das histórias, personagens e seus nomes no livro sagrado. O escritor é um complexo de informações, dados e emoções vividas. De posse de muitos dados, nomes, ideias adquiridas aqui e ali, Ruggeri planejou seu romance com muita propriedade e criou personagens fortes, consistentes e coerentes com a história da época, relatando episódios que prendem a atenção do leitor. Todos querem saber detalhes sobre Yeshua e seus sofrimentos, impostos pelos políticos e pelas autoridades corruptas da época.

Neste livro, Ruggeri explorou também o uso de outro recurso para fortalecer a sua história, pois ele apresenta ilustrações relacionadas a ela, deixando a imaginação do leitor criar novos caminhos ou completar cenários. Quem produziu essas ilustrações foi o talentoso desenhista e pintor Cris Goes. Essas obras de arte arremataram a história do "Sétimo Dia" com muita beleza e competência.

O sétimo dia é muito agradável de ler, prende a atenção do leitor do início ao fim e demonstra a especial criatividade do escritor em produzir um texto com um assunto tão difícil de trabalhar. É preciso muita informação dos dados bíblicos e da história de Jesus para relatar uma história tão instigante como é a de *O sétimo dia*. Parabéns, Ruggeri, por mais este texto tão bem preparado, que oferece ao leitor uma leitura boa e agradável.

São José dos Campos, 27 de julho de 2024

Prof.ª Maria do Carmo Silva Soares

Escritora e poeta

Funcionária aposentada do Instituto Nacional de Pesquisas Espaciais (Inpe)

Ex-professora da Universidade do Vale do Paraíba (Univap)

Acadêmica da Academia Caçapavense de Letras (ACL)

Sumário

INTRODUÇAO 15

CAPÍTULO 1..17

CAPÍTULO 2..25

CAPÍTULO 3..29

CAPÍTULO 4..35

CAPÍTULO 5..41

CAPÍTULO 6..45

CAPÍTULO 7..47

CAPÍTULO 8..53

CAPÍTULO 9..55

CAPÍTULO 10..63

CAPÍTULO 11..69

CAPÍTULO 12..77

CAPÍTULO 13..79

CAPÍTULO 14..85

CAPÍTULO 15..91

CAPÍTULO 16..95

CAPÍTULO 17..101

EPÍLOGO 113

Introdução

Meus queridos leitores,

Sinto-me na obrigação de situá-los no contexto da minha história porque ela é contada por tantos outros escritores.

Começo dizendo que é um romance ficcional, mas com um script conhecido. Não existe a possibilidade de alterar o que aconteceu em sua trajetória, mas podemos contá-la e degustá-la com outros olhares.

Os personagens são os mesmos, garimpados em muita pesquisa, e a intenção é a de induzir o leitor a se apaixonar ou odiá-los. Podemos torcer, mesmo sabendo do enredo. Essa é a grande diversão que um texto nos proporciona. Na conhecida história da crucificação de Jesus Cristo, de agora em diante Yeshua, Profeta, Rabi, o sábado anterior ao domingo da ressurreição sempre esteve carente de algum enredo, pelo menos na minha imaginação.

Outra coisa que também sempre imaginei nessa história era um grupo de pessoas corajosas, unidas, que se colocassem contrários ao que estava prestes a acontecer. Apesar das profecias garantirem que o ato da crucificação era inevitável, imaginei-me num personagem lutando pela causa do Profeta e juntando um grupo de pessoas com algum poder junto às autoridades romanas e judaicas para evitar o que deveria ser o impensável: a crucificação do Profeta de Nazaré.

Diante disso, convoquei um personagem chamado Nicodemos para fazer o que talvez muitas pessoas gostariam de fazer: evitar a crucificação de Yeshua. Nicodemos, um personagem inicialmente comum, como qualquer outro quando se começa uma história, foi se tornando um protagonista. Podia ser eu ou você querendo arregimentar o maior número de amigos para fazer o que a maioria dos que acompanhavam o Profeta não fizeram.

Até o último momento eles se acovardaram, dispersaram-se e se esconderam, e mais tarde tiveram que se juntar novamente para recomeçar ou continuar o que tinham se comprometido a fazer.

Nicodemos foi me cativando durante os capítulos que foram sendo escritos. Seus amigos, como José de Arimateia, Jairo e Cuza, além de todas as mulheres anônimas, formaram um grupo que, na minha — ou na nossa — imaginação, brigaram até o último momento em favor da vida e da libertação do Messias.

Num determinado momento, no sétimo dia, ou no sábado do shabat, eu não poderia deixar de fustigar os leitores com uma missão do Profeta; enquanto seu corpo físico estava em descanso, seu espírito estava a serviço do Eterno. Eu, como ser espiritual em um corpo humano (assim como todos), afirmo que o espiritual nunca descansa. O Eterno também não descansa no shabat. Seus anjos também não descansam da luta do bem contra o mal em momento algum.

Aqui na Terra, acredito que os seres humanos têm uma participação, como um exército de retaguarda, auxiliando o mundo espiritual, contribuindo em determinadas tarefas espirituais. A arma utilizada é a oração, é a intercessão a favor dos agredidos pelas hostes do mal.

Pois bem, os leitores terão a oportunidade de caminhar por uma versão apócrifa, ficcional, um romance em trilhas diferentes da estrada principal da história, quase uma trilha de Emaús, própria para reflexões e conclusões.

Capítulo 1

— **Esse rapaz é surpreendentemente** inteligente e instigante — comentou Anás do nada, sentado à mesa com seus filhos.

Era uma noite como qualquer outra. Todos estavam sentados como faziam todos os dias, sistematicamente no mesmo horário, para jantar.

Anás, num gesto sutil, levantou um pouco o braço, indicando que queria ser servido de vinho. Rapidamente, um dos serviçais se movimentou pela mesa, servindo a todos com o melhor dos vinhos, proveniente das ofertas ao Templo.

Os olhares desconfiados, mas respeitosos, deram o tom da conversa que saiu do nada pelo patriarca.

— Estive conversando com esse novato sacerdote, que faz parte dos indicados pelo Sinédrio — continuou Anás. — Estou impressionado com suas ideias, seus conhecimentos e seu posicionamento político. Temos que trazê-lo mais para perto de nossa família. É tão sagaz que poderá se tornar perigoso caso nossa hegemonia sacerdotal, conquistada com muito suor e dinheiro, seja abalada pelo novo governador.

— Agora temos um novo problema a ser resolvido: Valério Crato, que acabou de assumir e quer mostrar competência alterando as coisas que estão funcionando desde sempre. É natural que Valério insista em descobrir desvios de impostos e de contribuições do Templo.

Os filhos de Anás continuavam a comer de cabeça baixa, em silêncio, apenas ouvindo o patriarca comentar o que já sabiam. Só não estavam entendendo o comentário sobre o novato sacerdote, mas sabiam que algum plano funesto estava sendo arquitetado pelo pai.

Estava claro que Valério estava disposto a depor Anás do cargo de Sumo Sacerdote, e não deveria levar muito tempo para que isso fosse acontecer.

Talvez Eleazar, o mais velho dos irmãos, devesse assumir o mais alto cargo do Sinédrio, caso Anás fosse deposto. Mas isso, naquele momento, para todos ali na mesa, era assunto sem grande importância.

— Está na hora de a irmã de vocês se casar — continuou Anás. — Acho que esse sacerdote seria de bom tamanho para resolver alguns dos nossos problemas. Ela se casa com um bom partido e o teremos na família, caso Valério queira fazer alguma alteração na liderança do Sinédrio.

Num gesto brusco, Eleazar bateu com as duas mãos violentamente sobre a mesa, agora visivelmente contrariado com as colocações do pai.

Sua taça de vinho ajudou a criar o caos na mesa, molhando seu irmão mais próximo, Jônatas, que se esquivou de forma automática, derrubando parte de sua comida e respingando seu vinho em todos que estavam próximos.

De imediato, os dois servos que estavam perto vieram ao socorro, enxugando o vinho que ainda escorria pelas frestas da mesa, tentando evitar uma confusão maior.

— Não concordo com sua colocação, meu pai! — Esbravejou Eleazar. — Quer dizer que sua ideia é sugerir que esse desconhecido assuma o cargo de Sumo Sacerdote? Você enlouqueceu? Eu sou seu filho mais velho, o primeiro da sucessão! Não posso acreditar no que estou ouvindo nesta mesa.

— Sim, Eleazar! — Falou Anás — Você tem toda a razão quanto à sua sucessão, mas temo que Valério não esteja muito interessado na sua posse, caso eu seja acusado injustamente de lesar o Império. É lógico que indicarei você como sucessão natural, caso Valério resolva fazer toda a reforma que Roma está pretendendo fazer. Roma quer modificar o humor do povo na promessa de diminuir a carga tributária e destituir alguém importante como se isso fosse a solução dos conflitos da região. Mas é a política clássica para promover uma esperança. O povo tem que ter algo diferente no que acreditar que as coisas irão melhorar a partir dessas mudanças.

Anás fez uma breve pausa e continuou:

— Temo que a sua indicação não terá o impacto que Roma está desejando. Por isso, acho que temos que nos antecipar e criar um aliado que seja inteligente, arrojado, estar bem-conceituado junto aos anciãos do Sinédrio e, principalmente, ser fiel à nossa família. Assim, o Sinédrio deve aprovar alguém que não seja da sucessão natural, mas que vai suprir as expectativas de Roma, e a nossa família não perderá o poder. Sua irmã, casando com esse desconhecido, o poder permanecerá nesta mesa e eu, como sogro, estarei à frente das decisões — falou Anás em tom de deboche.

— Pai! — Diz Eleazar, tentando justificar sua descompostura. — E quem garante que esse seu escolhido esteja disposto a se casar com a sonsa da nossa irmã? Ela vive enfiada dentro de seu quarto, faz meses que não a vejo, não sei se tem algum atributo que chame a atenção de algum pretendente.

Nesse momento, todos já tinham deixado de lado seus pratos e agora escutavam preocupados a acalorada discussão entre pai e filho.

— Meu filho Eleazar, sua irmã é uma bela mulher, linda e jovem, apesar de ser reclusa. É exatamente a esposa perfeita para um Sumo Sacerdote. No mais, junto ao casamento está um dote de grande riqueza e o maior título judeu que um cidadão de Jerusalém queira alcançar.

Anás, agora de forma autoritária, exigiu o fim da conversa. Afinal, o jantar daquela noite já tinha deixado a desejar.

*****

Era uma tarde quente.

José de Caifás estava sentado junto a vários alunos especiais, numa das inúmeras salas do Grande Templo.

Ali se encontravam sacerdotes, escribas e mestres da lei, discutindo livros dos profetas. Caifás era um estudante diferenciado, e como sempre tomava para si as atenções de seus mestres e superiores.

Anás, discreto, em pé ao lado de uma coluna lateral, ouvia atentamente os debates trazidos adequadamente pelos mestres, mas observava em especial aquele que provavelmente seria seu genro. Olhava-o com um orgulho de pai, já que seus filhos só eram reconhecidos por serem filhos do grande Sumo Sacerdote. Agora tinha chegado o tempo em que, com toda discrição, mas com toda a força de seu poder, teria de mexer na pedra principal de seu plano muito bem alinhavado.

Sacerdotes, escribas e mestres da lei discutindo livros dos profetas.

Tinha certeza de que não teria grandes dificuldades, pois recusar uma oportunidade dessa magnitude era impensável para alguém com sede de poder como o jovem Caifás.

Decidido, caminhou a passos lentos e cuidadosos em direção ao grupo. Pediu licença para se assentar sob o olhar atônito de todos, pois uma visita tão ilustre, uma visita do Sumo Sacerdote em uma sala de aula, fez congelar todas as conversas acaloradas.

Num gesto paternal, Anás pediu que continuassem o debate, afirmando que estava muito interessado no assunto que estava sendo discutido. Anás tinha um interesse especial a respeito do profeta Isaias, e esse era o assunto do momento.

O jovem Caifás estava no meio de sua explanação e não se intimidou com a presença ilustre de Anás. Mesmo que seu parecer fosse contrário ao do mestre da lei ali presente, ouve uma grande e produtiva polêmica que durou o tempo necessário para que no final todos chegassem a uma concordância. José de Caifás estava com a razão.

Era exatamente isso que Caifás queria naquele momento. Lógico que tinha que aproveitar a presença de Anás e se mostrar como um excelente estudante e um líder com muita personalidade.

Após o longo período de debates, Anás se manifestou pela primeira vez.

— Amigos estudantes e caros professores, quero parabenizar o grupo por esse lindo estudo de Isaias. Sinto-me como se voltasse à minha rebelde juventude, querendo apresentar o que tinha de melhor, e mais, debater calorosamente minhas ideias, mesmo que meus grandes mestres, muito pacientes, tentassem me direcionar a caminhos diferentes. Vejo hoje que estão no mesmo caminho e fico muito orgulhoso com essa nova geração de grandes sacerdotes.

— Pedirei licença ao grupo de estudantes e aos professores, mas terei que deixá-los para poder resolver assuntos do Sinédrio. Gostaria de conversar em particular com o jovem José de Caifás no meu escritório, se me permitirem.

Caifás congelou.

Sua intenção inicial era chamar a atenção dos presentes, mas agora já não sabia se tinha sido uma boa ideia ficar em evidência. Provavelmente, receberia uma reprimenda do Sumo Sacerdote Anás.

Caminharam juntos em silêncio até o grande átrio do templo. Seguiram pela lateral, que dava ao tão famoso e temido escritório do Sumo Sacerdote.

— Meu jovem Caifás — começou Anás —, sua eloquência e suas teses realmente chamam a atenção de muitos. Parabéns! Quero dizer que já presenciei algumas vezes conversas e debates sem que você percebesse. Alguns professores me sinalizaram inúmeras vezes, apontando sua dedicação aos estudos, e isso é muito importante para quem almeja um crescimento e uma posição de destaque. Pois bem... — continuou Anás. — Tenho muita esperança de que um dia eu possa ter um substituto à altura de um grande sacerdote. Não consigo visualizar isso, sendo substituído por algum dos meus filhos, a não ser Jônatas, meu filho mais novo. Mas pra isso existe toda uma hierarquia, que me traria muitos problemas.

Anás parou brevemente e retomou:

— O que trarei a você neste momento é de total sigilo, coisa que sei que um jovem do seu perfil, com suas visíveis intensões, não seria nem necessário alertar. Minha filha, moça de extrema educação, está em tempo de ser prometida em casamento. Obviamente, esse casamento deverá ser celebrado dentro da linhagem sacerdotal, e está surgindo rumores de pretendentes com indicação de Roma, coisa que eu não gostaria.

Se José de Caifás chegou ao escritório de Anás com dificuldade de respirar, agora o ar lhe faltava totalmente, ao ponto de achar que iria perder os sentidos.

— Meu jovem — continuou Anás —, gostaria de prometer minha linda e frágil filha a um jovem promissor como você. Seu noivado dar-se-á assim que você completar seus estudos e se tornar um importante sacerdote. Farei com que seu caminho ao sacerdócio seja encurtado ao máximo, e dentro de pouco tempo possamos celebrar o matrimônio.

E continuou falando Anás:

— Agora, meu jovem sacerdote, você está dispensado das suas atribuições de hoje. Vá descansar e refletir sobre a importante missão que terá daqui para frente.

Caifás estava cristalizado em frente à grande mesa de despachos de Anás. Até aquele momento só estava interessado mesmo era em respirar. Num esforço quase sobrenatural, balbuciou algumas frases de agradecimento a Anás:

— Meu amado Sumo Sacerdote, não tenho palavras que possam expressar meu apreço a sua confiança. Irei refletir, sim, sobre o tão honroso e nobre convite. Pode ter certeza de que terás não só um aliado, mas um filho, que te trará uma abençoada descendência.

Capítulo 2

Nicodemos estava em sua casa já fazia dias.

Não estava bem de saúde. Uma pequena febre insistia em deixá-lo sem vontade de fazer qualquer coisa.

Esther, sua esposa, de tempos em tempos o fazia tomar um chá de canela e um caldo knaidlach na esperança de que Nicodemos se recuperasse daquele mal-estar que o afligia já há alguns dias.

Mas alguns toques fortes e insistentes na porta principal tiraram a tranquilidade de Esther, que se apressou em ver quem era àquela hora da noite.

— Boa noite, dona Esther — cumprimentou o Emissário do Templo. Desculpa importuná-la neste horário, mas o Sumo Sacerdote pediu a presença do mestre Nicodemos na casa dele ainda hoje.

— Desculpa — retrucou Esther, decidida a frustrar a tentativa de reunião àquela hora. O mestre Nicodemos não está se sentindo bem. Acho que terá que ser outro dia.

— Infelizmente, dona Esther, devo conduzir o mestre Nicodemos imediatamente. Já estou com a condução enviada por Caifás — respondeu o emissário um pouco sem jeito.

Nicodemos, ouvindo a conversa de seu quarto, manifestou-se em voz alta:

— Já estou indo, Esther. Já me sinto um pouco melhor.

Esther sabia que não era verdade o que seu marido estava dizendo, mas sabia também que uma convocação de Caifás àquela hora da noite não podia ser ignorada.

*****

Caifás está na porta de sua casa com Anás.

Somente os dois, sentados em um banco debaixo da cobertura que protegia a entrada principal da casa.

O frescor de uma brisa que deixava aquela noite especialmente agradável era o comentário dos sacerdotes enquanto estavam à espera do convidado.

Nicodemos desembarcou da liteira visivelmente contrariado e caminhou a passos decisivos ao encontro de seus superiores.

Cumprimentam-se rapidamente e de modo formal. Então, seguiram para uma antessala, onde algumas cadeiras forradas de pele estavam dispostas para uma reunião a três.

— Boa noite, Nicodemos! — Iniciou Caifás, indicando um lugar para que Nicodemos se sentasse.

Em um tom tranquilo, mas visivelmente ansioso para começar a expor suas instruções — aliás, instruções muito bem costuradas por Anás — uma missão que talvez só Nicodemos pudesse executar de maneira particular e confiável — ele continuou:

— Queremos que você nos ajude a encontrar evidências de que a criança que Herodes Agripa quis eliminar trinta anos atrás ainda esteja viva, e que possa fazer parte das citações dos profetas, ou seja, o Messias enviado em nome do Altíssimo.

— Precisamos dessas informações, primeiro com uma boa e precisa pesquisa dessas profecias, e depois a sua confirmação pessoal junto à pessoa que se diz o Messias. Tudo isso deverá ser feito em caráter de urgência.

— Todas essas informações deverão nos ser fornecidas de forma oral e todas as anotações apresentadas serão destruídas imediatamente após a nossa reunião. Também queremos reforçar que os componentes do Sinédrio não poderão ter acesso a essas informações por uma questão política — continuou Caifás, agora em um tom um pouco mais indutor, querendo mostrar liderança a Anás. — Esperamos que tudo transcorra em sigilo e que tenhamos todas as informações necessárias sobre o que está se passando na Galileia.

Nicodemos não abriu a boca a não ser para confirmar que poderiam contar com ele. Estava ali por obrigação e contrariado por ter que atender o chamado sem um prévio aviso. Além do mais, sua dor de cabeça latejante já tinha voltado a incomodá-lo, deixando-o ainda mais irritado.

O que mais Nicodemos queria naquele momento era ir para casa. Então não perdeu tempo em discutir detalhes naquele momento. Simplesmente se despediu com um "Boa noite" azedo, fazendo um movimento sutil de reverência a Anás, que estava ali apenas de ouvidos, e saiu para pegar seu transporte de volta para casa.

Capítulo 3

Aquela noite, em Jerusalém, estava assustadoramente silenciosa. Talvez pela chegada do inverno, o vento gelado, ainda que tímido, não era agradável para quem se dispusesse a andar por aquelas ruelas escuras e àquela hora da noite.

Mas era possível perceber uma movimentação pelos lados da casa de Caifás, apesar da hora avançada.

Duas pessoas a passos apertados, cobertos por uma túnica escura, adentraram rapidamente em um pátio que ficava em frente à porta principal do local combinado. Sinalizaram com batidas fortes naquela que seria a porta da casa, lugar escolhido de urgência por Caifás.

Eleazar e Jônatas, filhos de Anás, cumprimentam alguns mestres da lei e anciãos que já se encontravam no recinto, uma antiga biblioteca, usada agora para algumas reuniões secretas.

Eram pessoas do grupo de confiança de Caifás. Tinham sido convocados a essa reunião de urgência, mas sem saber exatamente dos assuntos a serem tratados naquela noite.

Um a um foram chegando de forma dissimulada, discreta, para não chamarem a atenção, principalmente de outros integrantes do Sinédrio, até porque não era uma reunião oficial, muito pelo contrário, era uma reunião particular e de grande relevância, na qual iriam expor suas considerações e decidir algumas ações naquela noite mesmo.

*****

Logo que Anás apareceu, sendo o último a se apresentar, como era de costume, Caifás disse a todos que o que seria discutido naquela reunião precisava de sigilo absoluto e discrição quanto a quaisquer comentários junto aos companheiros do Sinédrio... Era um assunto restrito ao grupo de confiança de Anás.

Um grupo isolado se entreolhou discretamente e visivelmente indisposto, cansado de escutar essas recomendações sempre que eram convocados dessa maneira emergencial. Além disso, a indisposição de alguns por terem que se locomover de suas casas pelas ruas escuras naquela hora da noite estava obviamente visível.

— Amigos, desculpem a hora da convocação — iniciou Caifás, dando uma leve e disfarçada bocejada. — Pela urgência das decisões que temos de tomar, diante de uma decisão sobre assunto que colocarei a seguir, não podíamos deixar esta reunião para outro dia mais adequado. Nosso grupo é um grupo fiel e de confiança, sendo que a maioria dos assuntos importantes são decididos entre nós. Vocês sabem que depois levaremos o assunto ao Sinédrio, onde serão discutidos, mas acabam caminhando sempre na direção das nossas decisões.

— Anás, nosso Sumo Sacerdote de honra, vai explicar a vocês qual a missão que teremos daqui para frente. Uma missão difícil porque terá que ser executada com total discrição... Usaremos todo o nosso poder e a nossa influência junto às autoridades romanas para efetivar esta missão, que entendemos ser da maior relevância.

*****

— Caros amigos! — iniciou Anás. — Como nosso Sumo Sacerdote Caifás já falou inicialmente dos cuidados a serem tomados, não perderei tempo em considerações, aconselhamentos ou instruções. Temos um grupo da mais alta confiança, no qual trabalhamos em sintonia e que dispensa qualquer formalidade. Vou começar a explicar o que está acontecendo. Tentarei ser o mais sucinto possível, depois iremos detalhando tudo conforme as dúvidas forem aparecendo.

*****

Anás deu uma breve pausa e continuou:

— Existe um grupo de Hebreus na Galileia, liderados por um tal de João, João Batista, para ser mais exato, profetizando a vinda de um Messias, um Mestre, aquele mesmo que há trinta anos foi visitado pelos Reis do Oriente e que causou graves problemas ao nosso povo e à nossa liderança, conforme alguns de vocês já sabem da triste história, mas que achávamos que não teria sobrevivido à grande matança deflagrada por Herodes. O problema não é um hebreu qualquer se dizendo profeta e anunciando o Messias pelo deserto. Isso tem acontecido o tempo todo e nunca se sustentou. Nosso problema agora são as manifestações do povo dando conta da vinda real desse Messias, o que dará sustentação a essa farsa.

Após recuperar um pouco o fôlego, continuou:

— Tudo o que não queremos neste momento é a aparição de um hebreu, salvador do povo, que vai nos criar problemas maiores junto ao Império Romano. Já não basta estarmos reféns de Roma, tendo que nos sujeitar às desconfianças sistemáticas, sendo responsabilizados por quaisquer ameaças de rebelião e agora Pilatos nos pressionando a respeito deste assunto. É só o que está faltando: uma rebelião e sermos acusados de conivência com esse povo revoltado e descontente, por causa do próprio sistema cruel de arrecadação de impostos.

*****

Caifás se movimentou em direção a Anás, colocando a mão direita em seu ombro, pedindo a palavra, para não se sentir coadjuvante naquele momento.

— Temos que nos movimentar urgentemente e matar essa serpente infiel no ninho, antes que crie tamanho e veneno — falou Caifás, tomando a palavra e levantando o tom de voz como se fosse uma ordem.

— Quase perdemos o controle das nossas atribuições anos atrás, quando Valério Crato depôs Arquelau e acusou nosso líder Anás de participar de suas falcatruas. Quero a aprovação de todos neste momento para começarmos uma grande, mas discreta missão, para eliminar definitivamente qualquer um que aparecer em nome dessa profecia enganosa.

*****

Um ruído de muitas vozes sussurradas tomou conta do ambiente, fazendo com que Caifás parasse com suas considerações. E mesmo pedindo silêncio repetidas vezes, grupos se misturaram em conversas paralelas, pouco se importando com os insistentes pedidos de atenção às explicações que seriam colocadas a seguir.

Após longos minutos de muitas discussões, aos poucos o silêncio começou a ter seu espaço no local, fazendo com que Anás voltasse a se colocar com um sutil som de limpeza de garganta.

— Meus amigos, por favor, vamos nos acalmar! Por conta dessa urgência é que convocamos vocês para discutirmos os detalhes das ações, então vamos fazer um esforço no sentido de avançarmos sem tumulto.

*****

Eleazar, talvez o mais incomodado dos presentes com as colocações pouco ortodoxas e radicais de Caifás, como sempre se colocou contrário às intensões de eliminação de irmãos hebreus sem uma causa confirmada, que pudesse causar algum perigo à comunidade judaica.

Na verdade, Eleazar tinha uma diferença séria de relacionamento com Caifás, que o tinha substituído num processo tumultuado junto ao Sinédrio e até então não se conformava com sua substituição.

Abruptamente, Eleazar tomou a palavra em tom irritadiço:

— Então temos que enviar alguém à Galileia que seja bem recebido por Herodes Antipas e que nos traga informações reais do que está acontecendo por lá. Provavelmente, esse trabalho não será de poucos dias, então pergunto a todos: quem deste nosso grupo irá se dispor a fazer esse serviço? Eu, particularmente, não terei como fazê-lo, até porque não tenho uma agradável abertura com Antipas.

Caifás tomou a palavra novamente, com um pequeno sorriso de quem já tinha a resposta muito bem preparada. Ele pegou no braço de Eleazar e sussurrou bem próximo ao seu ouvido:

— Nicodemos.

Capítulo 4

A estrada até Emaús era difícil até para quem circulava constantemente na região. Naquele dia, em particular, com um sol ardido, sem um pingo de vento, tirava a coragem de qualquer um.

Mas José de Arimateia seguia resoluto em chegar à pequena cidade, lugar de seu amigo Cléofas, no intuito de resolver um pedido de outro grande amigo, Nicodemos.

Enquanto caminhava tateando espaços mais agradáveis, evitando as trilhas profundas causadas pelas rodas das carroças, Arimateia vai relembrando os momentos de conversas intermináveis, de tempos em que podia ficar semanas naquela casa, que mais parecia um esconderijo, protegida por grandes rochas, ao pé de uma colina.

Era um caminho conhecido, que bifurcava à esquerda e terminava após alguns quilômetros em uma vasta plantação de oliveiras. Dali já se podia observar um complexo de várias casas, um galpão de prensagem de azeitonas e uma estrebaria onde eram guardados as carroças e os animais.

José de Arimateia e Cléofas eram amigos de longa data. Depois, Arimateia se tornou um importante membro do Sinédrio... Morava em Jerusalém por conta do cargo que exercia. Já Cléofas ficou pela região, comprou muitas terras e se tornou um comerciante importante no fornecimento de azeites.

Após a longa e extenuante caminhada, Arimateia avistou as oliveiras centenárias que tão bem conhecia. Também avistou seu amigo Cléofas vindo em sua direção.

— Meu grande amigo José! Há quanto tempo! — exclamou Cléofas, dando um largo sorriso e um longo e apertado abraço em Arimateia. — O que o traz a este lugar, neste calor insuportável?

Vamos entrando, José. Já mandei servir uma água fresca e um vinho novo que acabamos de produzir.

*****

— Amigo Cléofas! Você sempre muito atencioso. Já estava com saudades desse seu sorriso. E agora mais refeito da longa caminhada, devolve o abraço apertado em Cléofas.

— Há quanto tempo não o vejo — continuou Arimateia. — Muitas coisas estão acontecendo desde as últimas conversas que tivemos aqui, neste seu lindo esconderijo. Sei que você vai poder me ajudar bastante por conta das suas viagens à Galileia.

— Meu caro amigo José — replicou Cléofas —, estou aqui para lhe ajudar... Devo muitos favores a você. Vamos descansar. Daqui a pouco o sol baixa e a temperatura cairá muito.

— Sei que sua viagem até Emaús não foi nada confortável. Talvez sejam os quilômetros mais longos da região. — Cléofas fez uma expressão de desconforto, sabendo que realmente não eram fáceis aqueles 11 quilômetros de estrada acidentada.

Arimateia abriu um largo sorriso, confirmando sutilmente com a cabeça e ainda enxugando o suor do rosto com a manga da camisa.

— Pois então, Cléofas... Infelizmente, essa viagem tem que ser feita durante o dia apesar desse sol, que desanima a gente! À noite, provavelmente já estaria em Jafa — falou brincando Arimateia.

Ambos riram, confirmando a grande possibilidade dos caminhantes errarem o caminho em uma noite escura.

— Não seria nada mal passar o Shabat em Jafa, afinal, a beira-mar é mais agradável que meu pequeno pedaço de terra aqui. Iria comer um belo peixe, vendo nosso grande mar — comentou Cléofas. — Agora você me dá licença, meu amigo — continuou ele, mudando de assunto repentinamente, dando um sorriso de quem está aproveitando uma ótima visita. — Vou informar a Maria que você está aqui e que vai passar uns dias com a gente. Pedirei um jantar especial em seu favor.

*****

O cair da noite realmente derrubou a temperatura no deserto de Emaús, sendo necessário acender a lareira no canto da sala de refeição. As conversas entre os dois amigos se estenderam até tarde, sem que percebessem o quanto de histórias tinham relembrado.

Arimateia se deu conta do que realmente tinha que fazer em Emaús e começou a se sentir angustiado para iniciar o assunto com Cléofas. Na primeira oportunidade de silêncio entre as muitas recordações, Arimateia se dirigiu ao amigo, em um tom mais sério e preocupado.

— Precisamos conversar, Cléofas. O assunto é da mais alta relevância neste momento em Jerusalém e você já percebeu que estou ansioso para te pôr a par dos acontecimentos. Peço a você sigilo sobre o que iremos conversar. O assunto tem como ponto inicial uma movimentação em Cafarnaum, na Galileia, sob os olhos de Herodes Antipas.

Cléofas toma a palavra quase imediatamente à pausa de Arimateia, dando um sorriso bastante sutil:

— Pode ter certeza, meu amigo, que para assuntos ligados aos Romanos sempre é importante um sigilo absoluto.

— Então vou te explicar o que sei e o que me foi passado por Nicodemos — comentou Arimateia. — Você sabe que Pôncio Pilatos tem certa antipatia com Antipas, até porque ele não concorda com a forma frágil de administração da região e, principalmente, sobre sua vida pessoal pregressa. Mas isso é assunto deles, assunto de irmãos, cunhada, sobrinha e um monte de gente do Palácio.

Cléofas abriu um sorriso maroto, concordando com um movimento de cabeça com as considerações de Arimateia.

— Pois bem, Pilatos tem informações de uma movimentação diferente pelos lados do Lago de Teberíades. Está preocupado que Antipas não se tenha dado conta disso ainda. Pilatos chamou Caifás e deu a ordem de resolver essa questão, já que é o Sumo Sacerdote e tem acesso direto com Antipas. O problema é que Caifás não suporta Antipas, então pediu a Nicodemos para fazer esse trabalho de investigação. Roma está preocupada com algum tipo de motim, mas eu já acho que Caifás está preocupado com outras coisas, problemas de ordem religiosa, acredito eu. Por isso, nosso amigo Nicodemos, sabendo que você tem negócios na Galileia e está constantemente viajando pela região para entregar seus produtos, inclusive no Palácio de Antipas, talvez pudesse ajudá-lo nos contatos com as pessoas daquele lugar.

Cléofas interferiu:

— Arimateia, se Nicodemos se propor a ir a Tiberíades, posso apresentá-lo a Cuza, o secretário-geral de Antipas, que sabe de tudo o que se passa por lá... Até mais que o próprio governador. Tenho certeza de que se tiver um pouco de paciência e disponibilidade de tempo, vai poder fazer um relatório com muita segurança sobre todos esses assuntos. O que eu posso falar a você é que existe sim um sujeito que vive pelos arredores da Galileia, que se diz porta-voz de um Messias que está por vir, e há um bando de desocupados o acompanhando. Eles são mergulhados no Rio Jordão como uma forma de batismo, e já foi verificado, não portam armas nem têm planos de revolução.

Cléofas fez uma breve pausa e continuou:

— Cuza já comentou isso na última vez em que fui entregar um carregamento de azeite no Palácio. Parece ser alguma coisa mais ligada à preocupação de poder de Caifás e Anás. Talvez Nicodemos esteja escondendo um pouco dessa história, como você já comentou. Acho também que a grande preocupação do grupo de Anás é de não perder a mão do controle dos recursos advindos da região, caso alguma rebelião irrompa por lá. Cuza também comentou que dias atrás, um tal de Barrabás foi preso sob acusação de ter matado soldados romanos que estavam transportando impostos recolhidos em Cafarnaum e que seriam levados para Tiberíades. Daqui a alguns dias com certeza será degolado ou crucificado como todo e qualquer um metido a revolucionário.

— Muito bem, Cléofas — respondeu Arimateia, já com um semblante de missão cumprida. Avisarei Nicodemos que você irá acompanhá-lo à Galileia. Acho que será uma ótima aventura.

Cléofas serviu mais um tanto de vinho nas taças que se mostravam sedentas e num gesto animado falou:

— Um brinde! **Um brinde ao nosso amigo Nicodemos!**

Capítulo 5

Nicodemos acordou sobressaltado. Tinha dormido em sua mesa. Uma mancha de saliva em cima de um pergaminho atestava que estava muito cansado ao ponto de não perceber até aquele momento que ainda estava em seu local de trabalho.

Fazia alguns meses que Caifás o tinha convocado para fazer um estudo completo e profundo de tudo o que estivesse relacionado com as profecias da vinda de um Messias. A partir dessa ordem do Sumo Sacerdote, Nicodemos dividia seu tempo enfurnado em rolos de profetas maiores e menores, dezenas de documentos e alguns apócrifos que talvez nem fizessem parte desse estudo. Teoricamente, deveria utilizar somente o *Neviin*, o livro dos profetas, e o *Ketuvin*, escritos da Grande Assembleia.

Isaias, Jeremias, Miqueias, entre outros, estavam ali abarrotando sua mesa. Algumas placas com registros dos Nefitas e Jeretitas também ocupavam o espaço apertado e que sobrava em sua mesa de trabalho.

Alguns profetas, como Alma e Néfi, nem poderiam ser citados, mas Nicodemos era irritantemente detalhista. Afinal, era o mestre e o estudioso mais respeitado das leis do Sinédrio, por isso escolhido por Caifás.

Nicodemos no meio de muitos documentos.

*****

Um fragmento solto dentro de um rolo de Isaias chamou a atenção de Nicodemos. Rompido de algum lugar, estava lá perdido, como se fosse uma parte de um quebra-cabeça, e por mais que Nicodemos procurasse sua cara-metade, só lhe trouxe irritação e desistência. Mas não se deu por vencido. Convenceu-se de que poderia completar as frases parcialmente inacabadas com uma boa dose de paciência e de conhecimento daquelas escrituras.

Capítulo 6

O pequeno fragmento encontrado no grande rolo trazia esta inscrição: "Contudo não haverá mais escuridão para os que estavam aflitos. No passado, ele humilhou a terra de Zebulom e de Naftali, mas no futuro honrara a Galileia dos gentios, o caminho para o mar, junto ao Jordão. **O povo que caminhava em trevas viu uma grande luz;** sobre os que viviam na terra da sombra da morte raiou uma luz".

Capítulo 7

Na época de Herodes, o Grande, imensas obras, muitos palácios, arenas e teatros, foram construídos por um preço muito alto pelo povo hebreu. Esse povo vivia nas trevas do sofrimento e da tirania do governo implantado pelo imperador de Roma, Cesar Augustus.

Nicodemos sabia disso. Por isso aquele pedaço de pergaminho com a inscrição:

"Um povo que caminhava em trevas, viu uma grande luz", não era algo surpreendente.

Era a mesma luz que os Reis do Oriente, seguindo as profecias de seus antepassados, avistaram e seguiram numa longa viagem até Israel, mais precisamente até Belém.

Eles tinham o intuito de confirmar a profecia do nascimento de um ser celestial provindo de uma mulher humana.

*****

Nicodemos se levantou um pouco cambaleante para lavar o rosto em uma bacia que ficava perto da janela. Era ali que passava alguns momentos verificando o movimento da rua. Percebeu que ainda era noite... Talvez algumas horas ainda para que o sol aparecesse atrás da cúpula do Grande Templo.

As lamparinas ainda forneciam uma pequena chama de luz, possibilitando Nicodemos de se situar no ambiente lusco-fusco.

Os três Reis Magos viajando para homenagear o enviado.

— Que sonho foi esse? — balbuciou ele em voz baixa e muito assustado.

Fazia dias que o mesmo sonho teimava em infernizar sua noite de sono. Acordava sempre com a mesma sensação de angústia, sempre com a sensação de falta de ar.

— Raios! Era só o que me faltava! — exclamou em voz alta, mas arrependido da possibilidade de acordar os que estavam dormindo.

— Nicodemos! Venha dormir! — chamou Esther irritada.

— Me deixa, mulher — retrucou Nicodemos, mais irritado ainda. — Não sei se é anjo ou demônio que vem me incomodar todas as noites em sonho, desde que consegui decifrar aquele fragmento solto no rolo de Isaias. É uma luz brilhante, muito intensa, como se estivesse iluminando o mundo, mas que naquele momento estava em particular sobre Jerusalém. Essa luz se transforma de uma cor azul bem clara e muito intensa em um vermelho... Um vermelho sangue, que vai se liquefazendo e correndo pela terra como se fosse um rio, espalhando-se e cobrindo tudo como se fosse um lago vermelho. Um sangue de um vermelho nunca visto... Vivo... Algo realmente impressionante.

Nicodemos faz uma pausa na descrição do seu sonho, como se parasse para voltar a respirar e continua, muito abalado:

— O dia, acima dessa luz liquefeita, começa a escurecer ao ponto de se transformar em trevas. Essas trevas vão tomando formas de humanos, que vão sendo engolidos por esse lago de sangue, vão se dissolvendo, sendo absorvidos. Eu luto para não ser engolido também. Corro para o Templo, entro no Tabernáculo na tentativa de me proteger, agarro na ponta do altar da oferta queimada, mas um grande tremor rompe a espessa parede de pedra lateral, onde era possível ver aqueles vultos escuros e disformes sendo tragados pelo lago de sangue.

Nicodemos para de falar. Apenas respira ofegante, extremamente impactado.

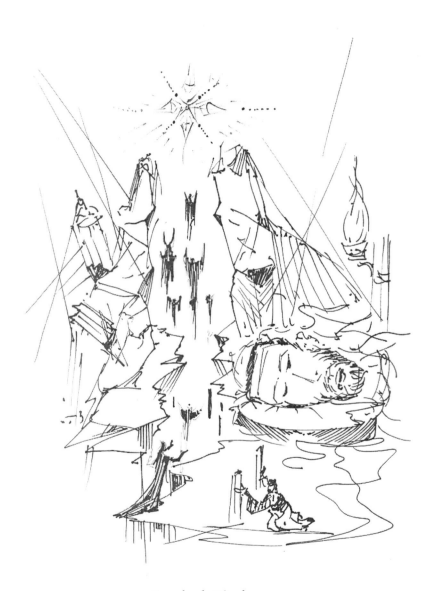

O sonho de Nicodemos.

Era a primeira vez que se colocava tão frágil diante de sua esposa. Faz-se um silencio quase mortal e Esther nem se manifesta, assustada em fazer qualquer tipo de comentário.

Nicodemos volta a falar, agora em um tom um pouco mais tranquilo, sob o olhar espantado de sua esposa:

— Então Esther... Depois que comecei a pesquisar as Escrituras, principalmente o rolo de Isaias que estava mais à mão, muitas coisas diferentes e esquisitas têm acontecido, inclusive esse sonho, que acabei de contar para você. Debrucei-me em cima de um fragmento e cheguei numa frase que mostrava exatamente essa luz e essa escuridão. Por conta disso é que estou tão impressionado.

E continua Nicodemos:

— Muitos outros profetas, como Miqueias, Ezequiel e Zacarias, têm passagens que estou organizando de maneira mais adequada para apresentar a Caifás. Inclusive, profetas como Alma e Néfi, que não posso nem citar por serem proibidos pelo Grande Sinédrio e foram colocados na posição de apócrifos, são unânimes em profetizar, cada um à sua maneira, o que provavelmente Caifás já sabe.

— Vamos dormir um pouco da noite que ainda nos resta — fala Esther — no intuito de fazer Nicodemos descansar. Com certeza, pelas histórias, ele tinha passado uma noite de pesadelos não muito agradáveis.

*****

— Nicodemos senta-se meio sem jeito na beira da cama. Boceja e estica os braços doloridos pela posição de quem dormiu muito mal à noite. Com certeza, ainda não estava conformado com o que tinha se passado naquela madrugada.

O sol começa a despontar e os ruídos da Cidade Luz se faz mais presente. Sons de rodas de carroças batendo nas pedras do pavimento rústico em frente à sua casa se confundem com as conversas em alto volume das pessoas e os ruídos de seus animais em gaiolas ou jaulas para serem comercializados no pátio do mercado do Templo.

Nicodemos ficou na dúvida se tentava dormir mais um pouco ou se voltava ao seu escritório, já que sua noite, definitivamente, já tinha sido perdida.

*****

Nicodemos estava absorto em frente às dezenas de anotações, às vezes se obrigando a um forte ceticismo, pela culpa de fuçar coisas que sempre foram escondidas pelos ensinamentos em seus muitos anos de estudo. A força da religiosidade de seus pares, contrários a toda e qualquer colocação que divergisse da lei e dos costumes, contaminados por várias gerações de rabinos e sacerdotes, desgastados pelo falso poder e arrogância, traziam essa sensação de incredulidade sobre suas anotações.

Mas estava tudo ali na sua frente. Um punhado de anotações, e isso era real, não havia como negar.

Agora precisava ter coragem de organizar tudo aquilo.

— Começarei anotando citações da vinda do Messias de profetas conhecidos — falou a si próprio, decidido a iniciar alguma coisa imediatamente.

Capítulo 8

Nicodemos sabia que não podia apresentar sua pesquisa por escrito. Era uma determinação de Caifás. Nada poderia ser documentado. Tudo seria apresentado verbalmente, em uma reunião em que estariam presentes apenas alguns convidados. E nada do que fosse apresentado seria encaminhado ao Sinédrio.

Nicodemos, então, anotou algumas passagens proféticas importantes, que provavelmente seriam descartadas após sua apresentação.

Isaias 700 a.C.
"Porque um **menino** nos nasceu,
Ele será chamado maravilhoso conselheiro,
Deus Poderoso,
Pai Eterno,
Príncipe da Paz".

Zacarias 520 a.C.
"Eis que farei vir meu Servo, **O Renovo**".

Miqueias 740 a.C.
"Mas tu Belém-Efrata embora pequena entre os Clãns de Judá, de ti virá pra mim, **Aquele** que será governante sobre Israel".

Isaias 740 a.C.
"Eis que a Virgem conceberá e dará à luz um **Filho,**
E chamará seu nome Emanoel

Deus conosco".

Nicodemos espalhou dezenas de anotações e encontrou uma que achou importante, em uma placa de bronze Nefita, que poderia complementar o conhecido e fidedigno Isaias:

Alma 90 a.C.
"Uma Virgem, um vaso precioso e escolhido,
Concebeu pelo Espírito Santo,
E dará um **Filho**,
Sim,
O Filho de Deus".

Depois, Nicodemos separou uma passagem de Jeremias, conhecida por muitos estudiosos:

Jeremias 626 a.C.
"Eis que dias virão, nos quais levantarei a Davi
Um **Renovo** justo, que reinará como rei,
Exercerá o direito e a justiça sobre a terra,
E o chamarão,
O Senhor é nossa justiça".

Capítulo 9

O Palácio de Herodes Antipas, em Tiberíades, estava movimentado naquela semana. Cuza, o secretário-geral do Palácio tinha a tarefa de organizar o grande evento para receber a comitiva enviada pelo imperador Tibério.

Lúcio Sejano, conselheiro particular de Tibério, estava sendo enviado à Galileia e região, a fim de verificar os recolhimentos de impostos e os possíveis e claros desvios desses recursos para outros fins.

Tibério estava numa fase de terror a tudo que fosse relacionado a impostos devidos. Tinha a absoluta desconfiança que parte desses recolhimentos não chegavam aos cofres do Império e precisava que essa questão fosse totalmente solucionada.

Antipas tinha que impressionar Lúcio Sejano. Além de uma inesquecível recepção, também precisava mostrar que era um ótimo governador, bem relacionado com o povo, e que sua região vivia na mais perfeita tranquilidade. Obviamente, não era essa a realidade da região.

Parte desses impostos alimentava a compra de ressurgentes e tudo o que poderia ser ameaça à corte. Até João Batista era cortejado por Antipas ao ponto de permitir que Cuza fornecesse comida e abrigo ao profeta todas as vezes em que aparecia no pátio do Palácio.

Antipas também tinha o conhecimento que parte desses impostos era retida por Pilatos, como doação generosa ao Templo, sob a tutela de Caifás e seu grupo próximo.

*****

Herodias e sua filha Salomé gostavam dessas movimentações, tão festivas quanto nervosas. Fazia tempo que o Palácio não se agitava para um grande evento. Faltava uma grande festa para encobrir a presença repugnante de João Batista, que insistia em insinuar as mazelas da corte, a vinda de um Rei Poderoso enviado pelo Deus Hebreu e que iria mudar a vida dos oprimidos pelo Império.

João Batista podia ser um homem esquisito e rústico, mas seu poder de oratória era impressionante. Sua voz forte e profética paralisava qualquer ouvinte. Era a verdadeira voz do deserto.

Salomé tinha uma curiosa atração por aquele homem. Talvez uma intenção maldosa por ser uma menina cheia de caprichos incentivada por sua mãe, que de bondade não tinha nada. Usava do poder da sua beleza de adolescente e do poder de ser sobrinha de Antipas para cometer as mais variadas ações repugnantes. Era sua diversão no Palácio. Tão odiada quanto a sua mãe, que era venenosa e infiel, agora amante de seu tio.

*****

Nesse dia, João Batista estava no pátio do Palácio, sendo atendido por Joana, esposa de Cuza.

Salomé e sua ama de companhia aproveitaram da pequena movimentação e combinaram de descer ao pátio, esperando achar algum tipo de diversão. Não precisaram andar muito para encontrarem um grupo de andantes e um provável profeta.

— Você é o tão falado João Batista? — indagou Salomé da forma mais prepotente possível. — Minha mãe adora você! — Continuou com a maldade cínica de sempre, querendo provocar o profeta.

João Batista a fitou com seu olhar fulminante e sem dizer uma única palavra voltou a tratar daquilo que estava fazendo junto à Joana, mulher de Cuza.

— Falei com você! Não está me ouvindo? — Salomé voltou a se manifestar, inconformada e muito irritada pelo desprezo de João.

— Ouvi perfeitamente, minha criança. Sei do seu real objetivo — respondeu João com sua voz grave, mas muito suavemente, sem levantar a cabeça dessa vez.

Salomé pegou rispidamente a mão de sua ama de companhia e saiu caminhando a passos batidos, como se estivesse com muita raiva daquele encontro frustrado, sob o olhar preocupado de Joana.

— Quem ele pensa que é? Vai me pagar muito caro por essa desfeita — Salomé falou entre os dentes.

*****

Salomé não se conformava com o pouco caso de João Batista. Naquela tarde estava insuportavelmente irritante, ao ponto de começar a irritar também sua mãe, Herodias.

— Que bicho te mordeu, minha filha amada? — perguntou Herodias, divertindo-se com o mau humor de Salomé. — Joana me falou que você não teve a atenção dos esquisitos que estão no pátio.

— Quer saber? — replicou Salomé, mentindo só para fazer intriga: — Estão falando mal de você e do seu maridinho.

— O que poderiam estar falando de mim? Nada fiz para esses desocupados. Muito pelo contrário, estou dando de comer para esses famintos — respondeu Herodias.

— Por que não pergunta você mesma ao tal de João já que tem tanta certeza? — falou Salomé, venenosa, querendo que Herodias punisse João Batista.

— É bom que você vá falar também com Antipas — continuou Salomé, botando fogo na palha, visivelmente satisfeita com o resultado que seu veneno fazia em Herodias.

*****

Herodias disfarçou como pôde sua curiosidade, baseada nas mentiras de Salomé. Na primeira oportunidade junto ao rei Antipas, Herodias não aguentou e replicou o mesmo veneno de Salomé.

— Antipas, meu amor, você sabe que seus convidados desocupados que estão lá no pátio estão falando coisas sobre nossa família, apesar da sua grande compaixão? Exijo que traga esse João para se retratar imediatamente. Não sei por que você tem tanto medo desse hebreu desocupado, só porque dizem que é um profeta. Outra coisa: não quero mais essa corja na frente de meu Palácio — falou Herodias.

— Sem problemas, minha querida Rainha! — respondeu o sarcástico Antipas. — Vou trazê-lo imediatamente para que você verifique que é um profeta e que devemos tratá-lo da melhor maneira possível para que profetize a nosso favor.

*****

João Batista é encaminhado para ser ouvido por Antipas e Herodias. Salomé não iria perder a oportunidade de talvez dar o troco no profeta, apesar de saber que tudo isso só estava acontecendo pelas suas intrigas.

Cuza acompanhou João Batista até a sala do trono, onde ficaram pacientemente esperando a chegada de Antipas e Herodias.

Cuza se apresentou, colocando-se em reverência formal perante Antipas e dizendo:

— Excelentíssimo governador e Rei Herodes Antipas, apresento o profeta João Batista, conforme convocação por Vossa Excelência.

João Batista se mantinha em total silêncio, apenas olhou por alguns instantes nos olhos de Salomé, que disfarçadamente virou o rosto, incomodada.

Antipas, então, de forma convenientemente cordial, apresentou as boas-vindas.

— Grande profeta João Batista — exclamou Antipas, forçando um sorriso —, tenho ouvido de seus feitos em anunciar um profeta maior na nossa Galileia. Não seria mais interessante anunciá-lo em Jerusalém, no grande templo de Herodes, o Grande? Logo aqui, na nossa pequena região da Galileia? O que o grande profeta tem a dizer a respeito?

João Batista retornou o olhar para Antipas e respondeu com seu tom de voz característico e que marcava sua identidade: grave, potente, mas de uma mansidão impressionante.

— Esse que há de vir depois de mim será reconhecido como o grande enviado em Jerusalém. Com certeza, Vossa Excelência terá a oportunidade de conhecê-lo também. Lembre-se dessas palavras.

E continuou João Batista:

— Com relação ao seu altruísmo, agradecemos a ajuda que a Casa de Antipas tem nos oferecido, assim como agradecemos também a rainha Herodias por não levar a sério as conversas maldosas da princesa Salomé, fazendo com que o nosso governador e rei perca seu tempo em conluios duvidosos.

João Batista fixou novamente seus olhos em Salomé, mas agora com um movimento sutil, como se estivesse dando uma pequena piscadela, que só a princesa percebeu, como se fosse um dardo flamejante.

Depois dessa rápida conversa, Herodias percebeu claramente que João Batista era realmente um profeta. Era impossível qualquer um saber das intensões claras e maldosas da filha.

Salomé se retirou disfarçadamente, bem no seu estilo, porque sabia que as coisas não estavam caminhando como gostaria que estivessem. Ela saiu do ambiente como havia entrado, ou seja, sem ser notada.

João Batista na presença do Rei Antipas e da Rainha Herodias.

— Mas tenho uma mensagem ao grande Rei Antipas, por ordem do Eterno e como profeta enviado.

Sentindo-se privilegiado em receber uma mensagem pessoal do Eterno, Antipas, em um movimento de mãos, dispensou todos em poucos segundos e caminhou em direção ao profeta para ouvi-lo de forma íntima.

João Batista falou num tom para que somente o rei o ouvisse:

— **Não te é permitido ficar com a mulher de teu irmão, Felipe! Palavras do Eterno!**

Essas palavras caíram como um raio nos ouvidos do rei. Segundos de silêncio tornaram-se uma eternidade. Herodes poderia simplesmente acabar com a vida do profeta, mas era covarde e influenciado pelo medo de uma possível maldição caso tomasse essa atitude. Preferiu se fazer de desentendido e caminhou em direção ao Átrio, onde a rainha o esperava.

A rainha esperou alguma sinalização de Herodes, mas viu que não era o momento de fazer perguntas. Sabia que boa coisa o rei não tinha ouvido. Estava feliz com isso, pois sua intenção era dar fim àquela situação, que a incomodava.

Capítulo 10

Jairo era o rabino e chefe da sinagoga de Cafarnaum, cidade próxima a Tiberíades.

A presença de Nicodemos na casa de Jairo criou muitas expectativas no meio religioso local, afinal ele era uma autoridade muito respeitada por fazer parte do Sinédrio e ser um dos maiores estudiosos da lei judaica. Isso fez com que Nicodemos se sentisse muito à vontade na cidade, pois fazia tempo que não se sentia tão importante.

Naquela noite, Nicodemos foi apresentado a Raquel e a Debora, esposa e filha de Jairo, respectivamente. Debora era filha única, linda menina de pele muito clara e que devia ter no máximo 12 anos de idade. Nicodemos percebeu pelo tom róseo de sua pele que a menina estava com febre. Raquel confirmou que sua filha não estava bem fazia dias e que alguns procedimentos já tinham sido feitos, mas sem resultado eficiente. Nicodemos percebeu claramente a preocupação de todos pela insistência da febre, que não dava sinal de melhora.

Mas como bons anfitriões, Jairo e Raquel trataram de deixar Nicodemos tranquilo, fazendo com que aquela primeira noite fosse de muita conversa e de muitas informações sobre a região que iriam visitar logo mais ao amanhecer.

*****

Logo cedo, como combinado, Jairo e Nicodemos saíram para fazer o passeio pelos arredores de Cafarnaum. Jairo levou Nicodemos para observar o lago de Tiberíades, ou o Mar da Galileia, como era chamado ali, na região de Cafarnaum. Jairo queria aproveitar a manhã fresca e ensolarada para visualizar a imensidão de água cristalina, que fornecia todo o sustento do local. A pesca era a atividade principal e seus muitos barcos também serviam de transporte para atravessar para as cidades vizinhas que ficavam na margem oposta.

As águas estavam crespas pelo vento norte, que soprava levemente, mas de forma constante, na superfície do lago. Com certeza, era uma imagem bonita e tranquilizadora para se apreciar.

Jairo e Nicodemos visualizam um tronco de Tamareira caído após uma provável forte tempestade e resolvem se sentar ali e iniciar uma boa conversa, olhando o movimento dos barcos e as aves que se aproveitavam da pescaria que acontecia naquele momento.

Nicodemos iniciou, com sua tranquilidade característica:

— Jairo, talvez você não imagina a real intenção da minha presença em Cafarnaum. Meu primeiro contato foi com Cuza, em Tiberíades. Conversamos muito rapidamente sobre assuntos relacionados ao profeta João Batista e de um Mestre chamado Jesus de Nazaré, que se encontra por estas bandas da Galileia. Cuza está muito ocupado com a vinda de uma comitiva de Roma, por isso pediu que Arimateia me acompanhasse até você, talvez pelo fato de você ser da região e poder me acompanhar nessa missão de entendimento.

— Sim, Nicodemos. Cuza me adiantou alguma coisa. Disse que você ficaria alguns dias na minha casa. E já adianto a você que é um grande prazer tê-lo como hóspede e acompanhá-lo nesse seu trabalho — falou Jairo. — Realmente, esse Mestre que você está procurando está atuando por aqui, fazendo coisas incríveis. Provavelmente, com um pouco de esforço poderemos nos encontrar com ele e seus seguidores. Acho que não será difícil. É só sair um pouco do vilarejo, porque a presença do exército romano no centro comercial inibe os agrupamentos de pessoas. Esse Profeta tem reunido pequenas multidões por conta de suas curas e seus ensinamentos.

Fez-se um silêncio, talvez pela falta de uma nova pergunta de Nicodemos. Ambos ficaram observando o infinito do lago, administrando uma nova pergunta ou uma nova informação. Alguns eternos minutos se passaram, mas não foram percebidos, pois ambos estavam mergulhados em seus próprios pensamentos.

*****

Nicodemos observou uma pessoa vindo ao longe, andando calmamente pela pequena margem de areia que circundava o lago. Em alguns momentos, essa pessoa parava e olhava para trás, como se estivesse esperando a vinda de outras pessoas. Em outros momentos, abaixava-se para recolher algum objeto que lhe tinha chamado a atenção.

Mas uma coisa realmente diferente chamou a atenção de Nicodemos: sim, havia o sol da linda manhã, mas a luz que refletia conforme essa pessoa se movimentava era conhecida: uma luz azul-claro e intensa. A mesma cor que vira por muitas noites em seus sonhos.

Nicodemos viu "o homem e a luz" como lhe apareceu em sonho.

— Jairo, por favor... — Nicodemos quebrou o silêncio.
— Fala, meu amigo — respondeu prontamente Jairo.

— O que você está vendo de diferente ali adiante?

— Ora, meu amigo, estou vendo apenas um judeu caminhando calmamente em nossa direção.

— Você não está vendo um reflexo de luz diferente?

— Sinceramente não. Só vejo uma pessoa caminhando. Provavelmente, irá até o outro lado, onde existe um aglomerado de barcos e uma salga. Talvez ele esteja indo comprar alguns peixes.

— Sim, Jairo. Provavelmente ele está indo comprar alguns peixes — concordou Nicodemos.

O silêncio voltou a reinar em cima do troco caído.

Nicodemos observa ora o infinito, ora a distância da pessoa vindo em sua direção.

Jairo pediu licença a Nicodemos. Ia encher o odre de água num casebre próximo à estrada de acesso em que estavam.

— Nicodemos, você se incomoda de eu ir buscar um pouco de água naquela casa que passamos há pouco? Provavelmente teremos sede logo mais — falou Jairo.

— Claro que não, Jairo. Ficarei aqui, esperando você, para continuarmos nossa caminhada.

*****

— Olá, Nicodemos! — Uma saudação cristalizante soou naquele silêncio.

— Posso saber quem me chama pelo nome? — sussurrou, engasgado, Nicodemos.

— Meu nome não é importante neste momento, Nicodemos. Vim aqui especialmente para ver você, e conhecê-lo pessoalmente e lhe agradecer por tudo que você irá fazer por mim. Fique tranquilo que você ainda me verá muitas vezes. Só gostaria que não se esquecesse de uma coisa: apesar de todo seu esforço, eu terei que cumprir um propósito maior. Ah! Mais uma coisa importante, que talvez possa facilitar o seu trabalho. A luz refletida quando eu estava a caminho é a mesma luz que apareceu a você em sonho. Assim você não precisa perder muito tempo em procurar evidências. Estou facilitando as coisas para você, Nicodemos.

Jairo chamou Nicodemos da casa onde fora buscar água, pois iam continuar a caminhada pelos arredores da vila. Como se estivesse paralisado, com muita dificuldade Nicodemos se vira na direção de onde vinha o chamado.

Ele visualizou Jairo acenando de longe, gesticulando para que Nicodemos fosse em sua direção. Nicodemos respondeu, com um gesto semelhante, que estava indo ao seu encontro, e se voltou para terminar a conversa com aquele desconhecido que o tinha chamado pelo nome. Mas quando voltou os olhos, já não o encontrou mais.

Capítulo 11

Naquela noite, na casa de Jairo, todos estavam reunidos para mais uma refeição antes do merecido descanso.

Nicodemos tinha passado o dia na Sinagoga com Jairo, palestrando aos discípulos e aos jovens alunos iniciantes, importantes assuntos relacionados a Halakhá — Leis Rabínicas para estudo.

Tinha tido um dia bem movimentado, pois sua presença na Sinagoga era considerada um evento de muita relevância no meio religioso. Todos queriam ouvir o grande Rabi, o Mestre de grande influência vindo de Jerusalém. Não poderiam perder essa rara oportunidade.

Jairo e Nicodemos estavam visivelmente exaustos.

Após o jantar, Nicodemos foi dar uma boa-noite a Debora e percebeu que a menina não estava nada bem. Achou melhor não preocupar os pais naquele momento, mas ficou realmente preocupado com o estado de saúde dela.

*****

Na manhã seguinte, Nicodemos acordou de sobressalto por uma grande movimentação na casa.

— Nicodemos, meu amigo, não sei mais o que podemos fazer para reverter o quadro de saúde da minha filha. Estou desesperado por um conselho de alguém que possa nos direcionar a alguma solução — falou Jairo aflito.

— Jairo, acho melhor ir atrás do Profeta de Nazaré. Você me falou que ele é um homem que está fazendo muitos milagres. Se o encontrarmos teremos uma chance de solução — respondeu Nicodemos.

— Não sei como não pensei nessa possibilidade, Nicodemos. Vamos imediatamente ao mercado de peixes. Lá alguém poderá nos dar alguma informação sobre o paradeiro do Profeta.

Saíram os dois a passos que poderiam ser de uma pequena corrida em direção a Salga, que ficava não muito distante de onde eles estavam. Não podiam perder tempo. Era uma questão de vida ou morte.

Ao chegarem àquele local, havia uma pequena aglomeração de pescadores que tinham acabado de recolher suas redes da pescaria noturna. Aflito, Jairo perguntou ao pescador mais próximo sobre o paradeiro do Rabi, o Profeta de Nazaré.

— O profeta acabou de atravessar o lago com seus discípulos, vindo da região de Decápolis. Seguiram um pouco mais ao Norte. Tem uma pequena multidão lá à espera deles. Vocês o verão com muita facilidade — respondeu o pescador.

Jairo e Nicodemos correram na direção indicada pelo pescador. Nicodemos, pelo sobrepeso e pela falta de atividade física, não conseguia acompanhar o ritmo de Jairo. Visivelmente cansado, Nicodemos ficava cada vez mais para trás, mas torcia que Jairo conseguisse localizar o mais rápido possível o grupo onde estaria o Profeta. O exausto Nicodemos já via seu amigo ao longe, mas continuava num esforço sobrenatural para chegar o quanto antes ao destino.

Depois de subir um pequeno monte, Jairo avistou um grupo de pessoas, que provavelmente rodeavam o Profeta. Animado, sabia que era questão de tempo salvar a vida de Debora.

Jairo olhou para trás e viu Nicodemos ao longe esforçando-se ao máximo em alcançá-lo, mas não podia perder tempo o esperando. Dessa vez, teria que resolver tudo sem a presença de Nicodemos.

"Não vou me preocupar agora com Nicodemos", pensou Jairo, já chegando próximo ao grupo de pessoas que se aglomeravam para receber algum milagre de cura. "Só preciso conseguir passar por esse mundo de gente e me colocar o mais próximo possível do Profeta. Sei que vou conseguir", animou-se Jairo. E de forma determinada e um tanto agressiva, conseguiu chegar ao Profeta, que o olhou espantado.

— Rabi! Minha filha está morrendo. Eu preciso desesperadamente que o Senhor possa interferir em seu estado de saúde. Eu sou Jairo, rabino da Sinagoga de Cafarnaum falou Jairo.

Jesus nem deixou Jairo falar algo mais. E disse:

— Fique tranquilo, Jairo. Sua filha não morrerá.

*****

Depois de alguns sofridos minutos, Nicodemos conseguiu chegar onde Jairo estava e ficou frente a frente com aquele homem com quem dias antes havia tido um encontro no tronco da tamareira.

— Como vai, Nicodemos? — Yeshua cumprimentou Nicodemos novamente pelo nome. — Parece que você está um tanto cansado de correr atrás de mim. Fico feliz pela confiança.

Jairo não entendeu nada da conversa do Profeta com Nicodemos. Parecia que se conheciam, mas naquele momento não tinha cabeça para pensar em nada.

— Jairo, vou atender algumas pessoas que estão aqui há algum tempo e logo em seguida iremos até sua casa — comentou Yeshua.

Jairo estava muito aflito. Sabia que sua filha estava morrendo e cada minuto que passavam ali, naquela multidão carente de algum milagre, era uma eternidade. Ele não entendia a tranquilidade do Profeta. Como ele podia perder tempo com aquelas pessoas comuns e deixar sua única filha, filha do chefe da Sinagoga, na iminência de morrer.

Vendo a grande aflição do amigo, Nicodemos o pegou pelo braço e tirou-o daquela aglomeração, levando-o para se sentar debaixo de uma oliveira centenária para esperar o Rabi atender ao povo.

O tempo parecia que se multiplicava em meio a tanta angústia.

Jairo levantou os olhos e visualizou dois garotos correndo em direção à aglomeração. Quando perceberam Jairo e Nicodemos sentados à sombra da oliveira, mudaram de direção e foram dar a triste notícia da morte de Debora.

Jairo caiu em prantos. Nicodemos tentou consolar o amigo, sem sucesso.

De imediato, Jairo deixou todos ali e correu em direção a sua casa. Nicodemos foi em direção ao Rabi para avisá-lo da tragédia. Visivelmente abalado, ele disse:

— Rabi, não é mais necessária sua presença na casa de Jairo. A filha dele acabou de morrer.

— Calma, Nicodemos! A filha de Jairo não morreu. Daqui a pouco estaremos lá e resolveremos esse problema. Pode confiar em mim. Vá até a casa de Jairo e acalme o coração dele e de todos da família — falou Yeshua.

*****

Nicodemos nunca correra tanto. Estava completamente exausto. Só podia estar maluco em correr atrás de um desconhecido, em busca de uma solução milagrosa para a cura de uma criança que estava quase morta... Logo ele, um mestre da lei, membro do Sinédrio, a mando de Caifás.

Agora tudo tinha terminado da pior maneira possível.

*****

Inconformado, Nicodemos seguiu caminhando à casa de Jairo. Não queria chegar lá e ver a pobre criança sem vida. Os informantes tinham confirmado a notícia e nada mais podia ser feito. Ele tentava achar algumas palavras que pudessem justificar ou consolar seu amigo, mas tudo parecia que iria piorar ainda mais as coisas. Assim, caminhava e desistia de qualquer pensamento.

*****

A metros da casa já se ouvia o lamento fúnebre das carpideiras. Nicodemos não teve coragem de entrar. Sentou-se num banco tosco que ficava no jardim, protegido por algumas acácias. Ficou ali, olhando para o nada, só ouvindo os lamentos das pessoas ligadas aos familiares.

O tempo passou. Nicodemos teve tempo suficiente para chorar a morte da filha de seu amigo. Em outros momentos, culpou-se por não ter tomado a frente para evitar o que estava presenciando ali.

O Profeta chegou acompanhado de alguns de seus seguidores. Parou uns instantes em frente a Nicodemos, colocou a mão em seu ombro, como se quisesse consolá-lo, e seguiu em frente sem dizer uma única palavra.

Yeshua ressuscitando a filha de Jairo.

Um silêncio se estabeleceu naquele lugar. Não se ouvia mais nenhum lamento, nem choro. Também as conversas não eram mais ouvidas por Nicodemos. Até o vento que fazia bater os galhos e as folhas havia parado, como se esperasse um grande acontecimento.

A curiosidade foi maior que o medo de ver Debora deitada sem vida, então ele levantou-se do banco e seguiu determinado a ver o que estava acontecendo. Logo que entrou na casa, a visão foi inacreditável. Debora estava sentada ao lado dos pais, com alguns parentes em volta oferecendo comida e água para a menina.

De um salto, Nicodemos saiu pela mesma porta que havia entrado. Ele avistou o Profeta e seus discípulos caminhando já a muitos metros adiante e saiu correndo para alcançar o grupo. Não estava acreditando no que tinha acontecido.

Sôfrego pelo esforço para alcançar o Profeta, logo que o alcançou caiu de joelhos.

— Rabi! Rabi!

— Não diga nada, Nicodemos. Sabemos o que aconteceu — falou Yeshua.

— Rabi! Tu és o Enviado, o Messias!

— Tu o dizes, Nicodemos. Fica em paz. Agora podes voltar para Jerusalém e fazer o que deve ser feito.

Capítulo 12

A festa no Palácio de Antipas estava sendo preparada em ritmo de grande evento.

Nicodemos foi recebido por Cuza e ficou nos aposentos que tinham sido separados para recebê-lo assim que chegasse em Tiberíades. Sabia que não poderia tomar muito tempo de Cuza e de Joana, por isso deixou claro que seguiria viagem já no dia seguinte.

Ele estava ansioso, precisava de um tempo com Cuza para colocar as notícias em dia. Nada melhor do que um jantar e um vinho para resolver isso. Talvez Cuza estivesse até mais interessado que o próprio Nicodemos em saber de detalhes dos dias com Jairo e, principalmente, saber do profeta e seus seguidores.

— Meu amigo Cuza! — falou Nicodemos. — Tenho uma informação importante para lhe dar. O Rabi, o Profeta de Nazaré, é a pessoa que eu estava procurando. Quero dizer a você que estou impressionado com tudo o que vi. Cheguei a presenciar a ressuscitação da filha de Jairo. A menina estava sendo preparada para o sepultamento. Mais tarde trocaremos informações mais detalhadas sobre toda a viagem e de tudo que vi. E tenho dois pedidos especiais a você, meu amigo: que o Profeta João Batista tenha um bom tratamento e que você possa cuidar da segurança dele, pois a missão dele é verdadeira e de muita responsabilidade.

— Pode deixar, Nicodemos. Antipas tem o maior respeito por João e tudo está na maior paz por aqui — respondeu Cuza.

— Retornarei a Jerusalém para apresentar meu relatório ao Sumo Sacerdote Caifás, mas tenho a intenção de voltar o quanto antes para que possamos nos reunir — eu, você, Jairo e, provavelmente, Arimateia. Tudo mudou por tudo que presenciei. Sei que o relatório que vou apresentar vai colocar em perigo o Profeta. Mas talvez possamos achar uma forma de protegê-lo. Você e Jairo têm muita influência junto a Antipas. Eu e Arimateia temos algum acesso na corte de Jerusalém. As notícias que chegarão a Caifás também chegarão a Pôncio Pilatos. Com isso protegeremos o Profeta. Agora sei o que Caifás está tramando. Com certeza achará algum motivo para eliminar o Profeta.

Capítulo 13

O dia da grande festa havia chegado. Toda comitiva de Roma já estava instalada havia alguns dias no Palácio de Antigas. O festejo começou já na parte da manhã e foi se estendendo até o início da noite, quando todos já estavam além da cota de vinho servido. Um show especial, que seria apresentado pela princesa Salomé, era o ponto alto esperado por todos os convidados do Palácio. Sem sombra de dúvidas, Salomé era muito bonita. Suas roupas transparentes deixavam à mostra seu corpo jovem. Era a perfeição de uma escultura grega... Era a própria deusa Afrodite.

A festa era abrilhantada por muitos artistas, músicos, bailarinas e toda sorte de apresentações. Muitos convidados importantes que ali se encontravam, estavam extasiados pelo luxo, pelas comidas e pelos excelentes vinhos fornecidos por Cléofas.

Realmente, era uma festa à altura da comemoração real.

O mestre de cerimônias pediu silêncio à corte e anunciou a presença ilustre da princesa Salomé. As joias de ouro amarelo que Salomé usava contrastavam com seu vestido branco de seda e sua pele alva como algodão.

Sua maquiagem carregada evidenciava seus olhos verdes, seus grandes cílios negros e sua boca em vermelho escarlate. Seus seios ficavam à mostra pela transparência finíssima da seda vinda do Oriente e transformada num vestido digno de uma deusa.

A performance da princesa foi tão impactante que Antipas, pelo excesso de vinho e de uma luxúria inconsequente, em altos brados gritou para toda a corte:

— Salomé, minha linda sobrinha! Te darei tudo o que pedires. A corte é testemunha! Mesmo que seja a metade do meu reino!

Nesse momento, Herodias viu a grande oportunidade de se livrar de João Batista, aquele ser infecto que se achava o todo poderoso.

*****

Enquanto Salomé se banhava, Herodias, de forma dissimulada, cobriu o ego da sua filha com intermináveis elogios, mas não conseguia disfarçar a inveja que brotava nos exageros, pois o centro das atenções da festa não era a rainha, mas a princesa.

— Minha querida filha, já pensou no que vais pedir ao seu tio? — falou Herodias. — Sei que você detesta aquele profeta metido. Por que não aproveita e pede a execução do esquisito? Que tal pedir a cabeça de João em uma bandeja de prata? Quero ver se Antipas vai ter coragem, diante de seus convidados, de negar seu pedido.

— É isso que você quer minha mãe? — perguntou Salomé. — Se for isso, então que você transmita isso ao meu tio.

Herodias, tão malevolente e perversa que era, nem percebeu que essa sua atitude talvez fosse da raiva que estava sentindo de não ser a mais bajulada na festa.

Ela chamou Cuza e informou o pedido da princesa. De imediato e a contragosto, Cuza foi repassar ao rei Herodes Antipas, que, num gesto inconsequente pela embriaguez e ocupado com as ilustres visitas, principalmente as femininas, disse: "Que se cumpra o pedido de Salomé".

*****

Salomé foi chamada por sua mãe horas depois de sua apresentação para comparecer ao salão nobre e receber seu presente.

— Vamos lá, minha filha! Vá receber seu presente... Não foi isso que você pediu ao seu tio? — disse Herodias.

— Quem me pediu isso foi você, minha mãe. Agora preciso voltar à festa para receber um cadáver? — retrucou de mau humor Salomé.

— Não me venha com essa, Salomé! Você concordou com tudo. João Batista foi executado e você vai ter que comparecer para receber o presente.

E assim, numa badeja de prata, foi servida a Salomé a cabeça, ainda vertendo sangue, como um troféu, um presente horrendo, que, para Herodias e para a própria Salomé, era o sinal da vitória sobre o poder fragilizado de Antipas.

Salomé, não se dando por satisfeita, pegou a bandeja com a cabeça decapitada, e num movimento teatral de lascívia vingativa, exultante pela crueldade da decapitação, trazendo para si o gozo fálico de poder e força, beijou aquela boca misturada de barba e sangue. Mas um sorriso sutil e sobrenatural vindo daquela cabeça banhada de sangue, percebido apenas pelos soldados mais próximos, balbuciou o fim eminente da princesa.

— Já que você tanto me quis, agora mesmo estarás comigo no mundo dos mortos.

Herodes ficou petrificado pela cena macabra produzida por Salomé. Nem em seus piores momentos de loucura fora capaz de imaginar algo tão hediondo.

A imagem foi tão tétrica e a comoção dos presentes foi tão intensa, que num gesto de fúria e remorso por permitir tal atrocidade em seu Palácio, Antipas ordenou para sua guarda pessoal que matasse a princesa naquele momento. Seus homens de confiança imediatamente a esconderam atrás dos escudos e a mataram com uma espada.

Herodias enlouqueceu vendo a filha no chão, ensanguentada. Ela investiu furiosamente contra Antipas, atingindo-o com uma faca de uma mesa próxima, por pouco não lhe tirando a vida também. Foi o suficiente para que a rainha fosse deportada imediatamente para uma fortaleza, para morrer exilada em sua loucura.

*****

O caos se instalou no Palácio.

João Batista fora decapitado, a princesa Salomé morta por seu tio e a Rainha enlouquecida deportada para um exilio.

O perdão a Antipas seria à custa de muito tempo de penitência, talvez vestido em sacos, alimentando-se a pão e água em alguma sinagoga.

Salomé recebe a cabeça de João Batista em uma bandeja.

Toda essa história seria levada para Tibério por Lúcio Sejano e, com certeza, não cairia muito bem. A bagunça do Palácio, responsável pela Galileia, estava se mostrando: frágil, desorganizada e envolta em uma loucura sem tamanho.

Cuza e Joana tinham muito o que fazer a partir daquele momento.

O que falariam a Nicodemos?

O Profeta João Batista tinha sido decapitado.

Capítulo 14

Nicodemos chegou a Jerusalém exausto da viagem. Tudo que mais queria naquele momento era a tranquilidade e a paz da sua casa.

Descansaria por alguns dias e só depois informaria Caifás de que estaria disponível para apresentar o relatório de seu trabalho investigativo.

Infelizmente, teria que apresentar suas conclusões ao grupo de Caifás. Não poderia esconder as informações sobre o Profeta, até porque essas informações seriam repassadas também a Pôncio Pilatos e a alguns integrantes do Sinédrio. Sabia que estava correndo um grande risco de ser destituído da função de Mestre da Lei e provavelmente perderia sua cadeira no Sinédrio.

Mas agora estava comprometido com sua consciência e com tudo que havia presenciado. Faria o possível para evitar que o grupo de Caifás intentasse contra a vida do Profeta. Caifás deveria estar com medo de ter uma "autoridade espiritual" confrontante aos costumes totalmente contrários às leis de Moisés, tudo para manter o poder e desviar recursos da forma mais desonesta possível.

As falcatruas do Sumo Sacerdote e a conivência de Pilatos só não eram completas porque uma parte do grande Sinédrio era incorruptível. Por isso, Caifás trabalhava pelos bastidores, convencendo seu pequeno grupo, nem sempre tão unido assim, a trabalhar no convencimento dos grupos dissidentes, às vezes usando recursos vindos do Templo ou da Corte para aprovação de medidas pouco honestas.

*****

Caifás gostava de fazer as coisas em período noturno. Era uma pessoa notívaga. Gostava das sombras.

Novamente, como era de costume, convocou sua reunião no horário em que a maioria das pessoas já estariam dormindo. A mesma movimentação sorrateira pelas vielas escuras de Jerusalém, em direção à casa de Caifás, e que se repetia toda vez que o assunto era suspeito. E essa reunião tinha um convidado especial muito esperado: Nicodemos.

Nicodemos havia chegado algumas horas antecipadamente. Aproveitou para fazer a parte social necessária, porque sabia que após a reunião dificilmente teria a oportunidade de conversar sobre sua viagem e sobre as pessoas com quem convivera nos dias em que havia ficado na Galileia.

Nicodemos e Caifás ficaram numa antessala, separada do salão de reuniões, onde pouco a pouco os convidados iam sentando em seus lugares.

O serviçal de Caifás bateu à porta e informou que todos já estavam presentes.

— Vamos lá, Nicodemos. Vamos acabar com essa angústia o mais rápido possível.

— Vamos lá! Estou pronto — respondeu Nicodemos.

*****

Nicodemos ficou de frente a uma plateia de no máximo 10 rabinos e alguns sacerdotes. Começou falando sobre a história de sua viajem e o objetivo determinado pelo Sumo Sacerdote, como haviam combinado de modo bem reservado. Queria deixar o ambiente leve e com a sensação de um encontro de grandes amigos, coisa que estava longe de ser.

— Amigos, depois dessa pequena explanação, vou colocar de forma clara e sucinta aquilo que constatei a respeito do Profeta de Nazaré — falou Nicodemos. — Primeiro vou apresentar a lista de profetas conhecidos que constam em nossos livros, e outros que não fazem parte, mas que citam a vinda do Messias enviado pelo Eterno. É uma pequena lista. Poderia apresentar muitos outros, com seus respectivos nomes e datas das profecias. Logo abaixo está a descrição dos textos em referência. Como são poucas as pessoas presentes, este documento passará por cada um para que tenham o conhecimento do estudo feito com muito critério. No mais, o que for apresentado aqui será de forma oral, a pedido do nosso Sumo Sacerdote aqui presente.

E para finalizar, disse:

— Só preciso fazer uma colocação em especial. É a respeito de uma citação de Isaias sobre uma grande luz. Gostaria de citá-la por conta de uma experiência pessoal vivida nessa minha viagem. Essa citação está disponível nos rolos da biblioteca, para quem quiser verificar, como também todos os profetas e profecias da lista que estão sendo apresentadas a vocês nesta noite.

E continuou Nicodemos:

— Assim o Profeta Isaias disse: "Um povo que caminhava em trevas viu uma grande luz". Os reis do Oriente viram essa luz e a seguiram até Belém. Eu vi essa luz... Eu a vi caminhando em minha direção no Lago de Tiberíades, e vi essa mesma luz num aposento na casa de Jairo. Inacreditavelmente, a filha do rabino da Sinagoga de Cafarnaum foi ressuscitada por essa Luz. A menina estava morta, pronta para ser sepultada, e voltou à vida.

Gritos e vozes de indignação foram ecoados explosivamente.

— Mentira!

— Blasfêmia!

— Esse homem tem que se calar!

Caifás interferiu na confusão, pedindo respeito ao grande Mestre da Lei, e disse que não admitiria mais nenhuma manifestação dessa natureza naquele recinto.

Bastante assustado com a reação dos presentes, Nicodemos voltou a falar, mas já querendo apenas entregar oralmente seu relatório e sumir daquele lugar.

— Amigos — continuou Nicodemos —, não adianta nada essa gritaria desvairada. Não estou aqui para inventar nada nem quero convencer ninguém a respeito do meu trabalho. Sou obrigado colocar a vocês o que estudei e presenciei. Então vou listar algumas coisas que me foram pedidas por Caifás, e somente isso.

E deu continuidade:

— Primeiro, o Profeta, como todos os seus seguidores, não portam armas, não fazem discursos políticos e não têm local fixo de moradia e de descanso. Quase todos são de famílias conhecidas ou parentes próximos. O que impressiona é a multidão que segue o grupo. Ora no lado Leste do Lago, ora no Oeste, independentemente do dia, de segunda a segunda. É uma imensidão de pessoas que levam seus doentes, de toda natureza, desde paralíticos, cegos, coxos e leprosos, até pessoas possuídas por espíritos malignos, que são curadas e resgatadas. João Batista, outro profeta da região, garante que Yeshua é o Messias enviado pelo Altíssimo. Seus discípulos afirmam que ele é o Filho do Deus Altíssimo, nascido de uma virgem, e que seu nome é Emanuel.

E finalizou, falando:

— Não vou nem comentar o que o povo que teve alguém da família curado disse ou o que estão a falar do milagre da multiplicação, por ele ter multiplicado alguns pães e alguns peixes entre cinco mil pessoas. A partir de agora, senhores, deixarei vocês com suas considerações. Caso precisem de alguma informação, estarei disponível no Sinédrio e atenderei individualmente a cada um.

Então Nicodemos recolheu suas anotações, vestiu sua túnica e se despediu do grupo, que nesse momento estava mais interessado em desconjurar as informações de Nicodemos que tinham acabado de receber.

*****

Nicodemos sabia que sua reputação e sua permanência no Sinédrio já estavam comprometidas a partir daquele momento, mas estava de alma lavada. Tinha feito o que deveria fazer. Ele se lembrava perfeitamente das palavras e do pedido do Profeta.

Já Caifás e seu grupo, a partir dessa reunião, estariam comprometidos em procurar motivos que pudessem condenar o Profeta, inclusive a pagar por falsos testemunhos e convocar olheiros do Templo para perseguirem o Profeta onde estivesse, fazendo perguntas que o comprometesse, nas exigências de suas leis rabínicas, pois daí ele poderia ser detido para julgamento, e com uma boa acusação e algumas testemunhas, uma pena de morte era o mínimo esperado.

Capítulo 15

Nicodemos e Arimateia seguiram em direção a Cafarnaum para encontrar com Jairo e Cuza. Já havia se passado alguns meses desde que Nicodemos tinha feito a visita em Tiberíades e de ter tido a grande experiência em Cafarnaum. Precisava reunir esses amigos e ter um novo contato com o Profeta de Nazaré.

Infelizmente, Caifás estava determinado a eliminar aquele que era o início de uma nova ordem. Não restava dúvida de que seria necessário ajudar a causa financeiramente e, sobretudo, criar uma rede de proteção ao Profeta e seus discípulos.

Arimateia sabia que Nicodemos estava certo de tudo que estava acontecendo. Apesar da falsa tranquilidade, o poder dos líderes do grande Templo era evidente no sentido de matar os ovos no ninho. Alguém teria que tomar a decisão de fazer a contrapartida de proteção em favor do movimento. Talvez o movimento de maior importância desde que Abrão, pai dos Hebreus, resolveu sair de Ur e acreditar na promessa de formar um grande povo, o povo escolhido pelo Eterno. Esse mesmo povo, agora liderado por um Sumo Sacerdote inconformado pela possibilidade de ter seu poder contestado por um simples judeu de Nazaré. Apesar das profecias e dos sinais miraculosos, não queria aceitar que aquele homem era o Filho do Altíssimo. Isso era a maior blasfêmia que um judeu poderia declarar. Com toda a certeza seria condenado à pena de morte.

As mulheres — Claudia, esposa de Pilatos; Joana, esposa de Cuza; Suzana; Maria Madalena; Raquel, esposa de Jairo, Maria de Cléofas —, todas elas, com algum poder financeiro e algumas apoiadas pelos maridos, davam a sustentação à causa do movimento.

Havia, portanto, a necessidade da sustentação da proteção física do Rabi, enquanto durasse a sua obra e a sua permanência na região. Nicodemos tinha a ideia de resgatá-lo e enviá-lo à região da Ásia até que as coisas se acalmassem. Ele, Arimateia, Cuza, Jairo e Cléofas tinham definido um plano de proteção, porque sabiam que era grande o risco de Caifás e seu grupo encontrarem uma brecha para acusá-lo de algum crime de morte.

*****

Nicodemos e Jairo foram ao encontro do Profeta na cidade de Cafarnaum. Ele estava passando um período de relativo descanso na casa de Pedro, um discípulo importante de um grupo de 12 homens. Descanso relativo, porque dezenas de pessoas se aglomeravam em frente à casa de Pedro com seus doentes, para ouvir seus ensinamentos ou mesmo pela curiosidade de ver um profeta com tanto poder.

— Rabi! — Nicodemos chamou.

— Nicodemos! Que bom ver você por aqui novamente!

— Rabi, agora é em uma situação diferente. Esse é Jairo...

— Conheço Jairo muito bem — interveio o profeta, sem deixar Nicodemos terminar sua frase. — Mas me falem o que os trazem por estas bandas.

— Rabi, nós estamos aqui para convencê-lo a deixar a região da Galileia por uns tempos. Talvez possamos ir até Damasco para que as pessoas que querem prejudicá-lo não tenham êxito neste momento. Existe um grupo de pessoas que quer acusá-lo de heresias e, com isso, possivelmente condená-lo à morte.

— Entendo sua preocupação, Nicodemos. Você tem toda razão. Mas estamos a caminho de Jerusalém para a comemoração da Páscoa. É bem provável que me encontrarei com as pessoas que você está me alertando. Agradeço de verdade a grande preocupação com o meu bem-estar, mas vocês precisam entender que certas coisas precisam acontecer.

Ele fez uma breve pausa e continuou:

— Que mais posso falar a vocês? Você fez o que deveria ser feito. O Sumo Sacerdote fará o que deve ser feito. Com certeza, outras pessoas também farão o que deve ser feito. Sinto em não poder colaborar com tamanha boa vontade de vocês. Pode ter certeza de que me lembrarei de cada um. Meus seguidores, por mais que sinalizo o que irá acontecer, não me levam muito a sério.

— Rabi! Para acontecer alguma coisa terá que ser julgado e condenado por Herodes Antipas, o governador da Galileia. E isso não acontecerá — falou Nicodemos. — Antipas está totalmente arrependido por permitir a decapitação de João Batista. Não iria condenar mais um profeta, principalmente o anunciado. Pôncio Pilatos também não o irá condenar. Claudia, esposa de Pilatos, não o deixará mover qualquer acusação mentirosa contra você, Rabi. Caifás não terá apoio dos governadores para condená-lo. Só não queremos que fique exposto a qualquer atentado. Por isso achamos por bem aconselhá-lo a deixar a região por um pequeno período de tempo.

— Desculpa, Nicodemos, mas já foi decidido que devo ir a Jerusalém. Tenho coisas inadiáveis por lá. Mas gostaria que estivessem todos na semana da Páscoa para me apoiarem no que eu precisar.

Nicodemos e Jairo saem da casa de Pedro totalmente desolados. Sabiam o que provavelmente ia acontecer. As escrituras, as profecias e o próprio profeta estavam deixando claro o andamento da história. Mas tinham uma esperança: Se Caifás não tivesse o apoio dos governadores, dificilmente o profeta seria prejudicado com qualquer acusação.

— Jairo! Agora, você e Cuza vão ter que fazer um trabalho junto a Herodes para que ele não cometa outro grande erro — falou Nicodemos.

— Faremos isso, Nicodemos. Pode deixar conosco.

Capítulo 16

Era quinta feira, final de tarde em Jerusalém. Todos estavam reunidos para um jantar especial em comemoração à festa da Páscoa judaica. O Profeta e os 12 mais íntimos de seus seguidores dividiam uma mesa farta de alimentos e um vinho novo.

Para os 12 era um momento de alegria e comemoração, mas para o Profeta seria a instrução de maior importância, para selar todo o propósito de sua obra a ser concluída.

Então, ele pegou um pão sem fermento, deu graças e o partiu, dizendo:

— Este é o meu corpo partido!

Compartilhou uma taça de vinho e disse:

— Este é o meu sangue derramado por vós!

Ao seu lado esquerdo, Judas, um dos 12, estava atento às mensagens e aos significados de cada elemento ali distribuído.

Em um determinado momento, depois de dividir com Judas um pedaço de pão molhado no vinho, falou em tom audível:

— Judas, vá fazer o que tem de ser feito!

*****

Judas saiu rapidamente e cumpriu a determinação de Yeshua, fez o que tinha que fazer: indicando ao Sumo Sacerdote a localização do Profeta no jardim do Gethsamani.

Então, preso e condenado ainda naquela noite pelo grupo de Caifás e Anás, Yeshua deveria ser condenado pelas leis romanas. Foi levado imediatamente a Pôncio Pilatos.

Depois de muitas interrogações feitas aos judeus, a Caifás e ao Profeta, Pilatos reconhece que o acusado era inocente. Por isso, dirigiu-se aos acusadores e disse que não encontrava motivos para condenação.

Nicodemos ficou exultante com o veredito. Junto a Arimateia, tinham alertado Pilatos sobre a intenção de Caifás em condenar o Profeta à crucificação. Ele acompanhava cada acusação sem fundamento e agradecia cada interferência justa feita por Pilatos.

Anteriormente, Nicodemos havia conversado com Pilatos em particular, descrevendo o milagre da ressurreição da filha de Jairo, e isso deixou Pilatos muito apreensivo. Claudia também participou dessa reunião, sendo ela uma das mulheres que colaboravam financeiramente com o Profeta.

— Pilatos, eu tive um sonho muito angustiante com essa história do Profeta. Você não pode manchar suas mãos em sangue inocente. Tudo que Nicodemos está colocando para você, sou testemunha — falou Claudia. — O profeta está sendo acusado por fazer o bem às pessoas necessitadas no sábado e isso, a meu ver, não é crime de morte. Se é o Filho de Deus, o enviado, aquele que Herodes, o Grande, quis eliminar com medo de problemas futuros, acho que você não deveria se meter com a responsabilidade de condená-lo. Acho que o correto é enviá-lo para Antipas e ele que o condene, já que o Profeta é Galileu de Nazaré.

Quando Pilatos percebeu que o grupo barulhento de Caifás estava começando a ficar sem controle, remeteu-o a Antipas a fim de se livrar do embaraço.

*****

O profeta é enviado por Pilatos a Herodes Antipas, afinal, era o governador da Galileia e qualquer julgamento de um cidadão galileu deveria ter a anuência do responsável pela região.

Cuza e Jairo, como combinado, fizeram o trabalho de convencer Antipas a não se meter com o imbróglio de Caifás e Pilatos.

Herodes sabia do poder do profeta, pois por muito tempo João Batista o anunciava na corte.

Como esperado, Herodes não achou nada que o condenasse, então o Profeta é reenviado a Pilatos.

Mais uma vez, Nicodemos e todos do seu grupo comemoram a absolvição do Profeta. Para eles, agora era só uma questão de voltar a Pilatos e receber a alforria para ele continuar sua missão.

Porém, as discussões se tornaram muito mais agressivas. Caifás e Anás sabiam que não teriam outra oportunidade de condenar o Profeta, então tinham que fazer pressão máxima, com testemunhas que convencessem Pilatos de que os crimes ali apresentados eram de extrema gravidade sob a ótica das leis judaicas.

Uma das testemunhas de Caifás falou:

— Ele disse que destruiria o templo e o reconstruiria em três dias.

Outro, incentivado por Caifás, gritou:

— Na sinagoga, num sábado, disse que era Filho do Altíssimo, e em seguida curou um paralítico, afrontando todos os sacerdotes que ali se encontravam.

Enquanto todos estavam gritando e distribuindo ofensas, Yeshua falou a Pilatos em particular:

— Governador, faça o que tem que ser feito.

Pilatos sabia que o Profeta estava decidido a morrer e não poderia fazer nada para evitar isso. Depois da enésima tentativa de salvá-lo, Pilatos disse:

— Que se cumpra o seu destino!

Num movimento não comum aos romanos, mas muito comum aos judeus, pediu uma bacia com água e lavou suas mãos, colocando toda a responsabilidade em Caifás e naqueles que gritavam: "Crucifica-o!".

*****

Às nove horas da manhã de sexta-feira, sob o olhar atônito de Nicodemos, o Profeta foi levantado em um madeiro para ser crucificado.

As hostes do mal estavam radiantes, afinal, o plano de eliminação do Profeta estava caminhando para o seu ápice. Ele morreria como um mísero humano qualquer. Seria uma morte das mais sofridas, desonrosa, e depois ele seria jogado em uma vala comum para ser devorado pelas aves de rapina.

A crucificação de Yeshua.

Tudo tinha acontecido mais fácil do que se imaginava.

No deserto, na primeira investida de eliminação por Lúcifer, a impressão era de que o plano seria muito mais trabalhoso. Caifás, Pilatos e um sujeito chamado Judas, colaboraram sem muita dificuldade. Todas as manifestações malignas estavam a postos monitorando os envolvidos, e a cada tentativa de mudança de rumo favorável ao Profeta, as legiões do Mal se movimentavam em colocar o plano de eliminação em andamento.

Agora era só esperar o suspiro final e descer ao Hades para esperar os crucificados. O inferno estava em festa!

Capítulo 17

O túmulo cedido por Erimateia estava em total silêncio. Apenas conversas de dois centuriões, tomando vinho em um odre oferecido por um sacerdote a mando de Caifás. Eles tinham que proteger aquele lugar para que o corpo do sepultado não fosse subtraído e justificasse a ressurreição.

De tempos em tempos, um dos soldados visualizava aquela pesada pedra, que servia como porta, cimentada com uma mistura de cal e terra, e confirmava ao companheiro que tudo estava bem, relembrando que naquela noite a vigilância teria que ser redobrada.

A cada caminhada de aproximadamente cinquenta passos para ir e voltar, um pequeno brinde era feito em duas canecas de couro, confirmando que tudo estava em paz e que a tranquilidade pairava no local.

Dentro daquele espaço encravado na rocha, um aroma intenso de mirra e aloés lembrava o ambiente de um excelente palácio. Isso não estava nos planos de Lúcifer, mas, enfim, o crucificado estava morto e era o que importava. Esse era o plano, até então bem-sucedido.

*****

Lúcifer desceu às profundezas onde os mortos dormem até a vinda de um resgate. Até aquele momento, Lúcifer se sentia o dono e o administrador do Hades.

Estava exultante em esperar mais um humano, esse em especial, um judeu que se dizia o Filho do Altíssimo e que tinha espezinhado seus enviados, os queridos espíritos das trevas, que agora vagavam sem destino.

Agora que esse ser estava morto, não se continha de ansiedade em preparar um lugar para aprisioná-lo, afinal, lembrava-se com muito prazer daquele clamor: "Pai, por quê me abandonastes?".

O importante agora era contar o grande feito ao Sumo Sacerdote das Trevas, o administrador do inferno, Satã.

— Ó, imperador das Trevas, devorador insaciável dos mortos, tenho ótimas notícias a lhe contar. Um Profeta que se dizia o Enviado do Altíssimo, que nos fez muito mal no mundo superior, com muito esforço e ajuda dos nossos pares, foi crucificado. Onde quer que ele encontrasse nossos escravos, ele os perseguia. Todas as pessoas que eu deixava doentes, cegas, aleijadas e leprosas, ele as curava apenas com a palavra dele. Algumas que já estavam para ser sepultadas, ele as ressuscitava. Mas agora ele está morto em uma sepultura comum e daqui a três dias estará aqui para ser aprisionado.

Satã, então, falou:

— Mas esse Profeta, pelo que me contas, é tão poderoso que podia fazer tudo isso com uma simples palavra? E sendo tão poderoso, você me traz alguém assim aqui, para o nosso inferno? Se estás falando que ouvistes dele temendo a morte, acho que estava zombando de ti, planejando como te pegaria com sua poderosa mão. Acho que teremos muitos problemas, caso esse profeta consiga adentrar no Hades.

Lúcifer, cheio de confiança por tudo que tinha feito, diz:

— Satã, imperador das Trevas, estás com medo de um inimigo comum agora a caminho do Hades? Não devemos temer o tal profeta. Fui testemunha da morte mais cruel que um ser humano poderia sofrer. Até ofereci vinagre e fel para acabar logo com o teatro.

— Lúcifer, filho da Perdição, acabas de me dizer que ele fazia reviver muitos que estavam a ser sepultados. Se ele livrou tantos do sepulcro, como e com que poder poderemos aprisioná-lo? Acho que se o recebermos aqui perderemos os demais que levamos séculos aprisionando. Esse profeta está vindo aqui para ressuscitar todos os santos e quem mais ele quiser! — esbravejou Satã — Agora digo uma coisa para você, Lúcifer. Saia por essa porta e vá enfrentar você mesmo esse que dizes que aniquilastes na cruz. Te digo que tu és o mais desprezível ser do mal atuando na vida dos humanos. Sempre confiei na tua percepção para causar o caos ao redor da Terra. Não é possível que que tenhas trazido esse caos para dentro dos nossos domínios. Agora, Lúcifer, se não conseguir reverter essa tremenda bobagem que fizestes, acho que estaremos em maus lençóis — finalizou, inconformado.

Lúcifer percebeu que tinha se equivocado na estratégia de contrapor os planos do Altíssimo. Como não havia se atentado na obviedade dos planos divinos? Estava se sentindo no pior dos energúmenos.

— Subirei imediatamente para ver como andam as coisas por lá. Sei que acharei uma boa solução para reverter essa pequena derrota — falou Lúcifer, agora muito preocupado com o que estava acontecendo.

Satã não estava mais disposto a ouvir as idiotices de Lúcifer.

— Leve uma boa renca de malignos. E não me deixe esse profeta infeliz aparecer por aqui! — disse Satã soltando fogo pelas ventas.

Lúcifer subiu rapidamente para o mundo dos humanos e foi direto para onde Yeshua tinha sido sepultado algumas horas antes. Mas aquele aroma de mirra e aloés era insuportável às suas narinas, então ordenou que alguns anjos das trevas entrassem no sepulcro para observar o crucificado.

Foi em vão. Era impossível penetrar naquele mortuário sagrado. A luz da profecia de Isaías tinha tomado conta do ambiente. O mal não teria mais acesso ao Túmulo cedido por Arimateia.

Derrotados, Lúcifer e sua comitiva retornaram para o Hades e decidiram reforçar as portas com todo o pecado que pudessem recolher dos mortos. Seria uma trincheira intransponível para o mundo da luz. O Messias não passaria pela porta contaminada pela morte, pela miséria e pelas doenças.

— Grande Satã, não conseguimos acessar o túmulo do Profeta, mas faremos uma barricada com toda sorte de maldições e pecados. Estaremos seguros aqui no Hades. O Profeta não terá como entrar aqui, da mesma maneira que eu não consegui entrar em seu túmulo — falou Lúcifer, querendo mostrar que ainda estava no controle da situação.

Satã estava desolado. Nem respondeu ao seu comandado. Sabia que sua hora estava próxima.

Lúcifer ordenou aos seus anjos, espíritos imundos, para recolherem todo pecado e todas as desgraças que estavam no depósito do Hades. Quando abriram a grande porta do depósito da morte não encontraram nada a não ser um grande lago de sangue que dissolvia tudo que tinha sido recolhido e guardado pela morte.

O desespero tomou conta dos que se achavam donos do lugar. O silêncio dos mortos contrastava com a confusão e o terror generalizado dos malignos.

Não tinham mais nada a fazer a não ser esperar.

*****

Uma luz intensa, "aquela luz" profetizada pelo Profeta Isaias, de repente iluminou o ambiente onde se encontrava Yeshua.

Dois anjos enviados pelo Eterno se colocaram em frente àquele corpo em descanso e o fitaram com ternura, quase compensatória pelas agressões sofridas.

— Mestre Yeshua — chamou calmamente Gabriel. — Temos muito o que fazer neste sábado.

Yeshua no túmulo com os Anjos.

Yeshua abriu os olhos e esboçou um pequeno sorriso aos anjos. Colocou-se vagarosamente em pé e contemplou aquele corpo colocado de forma tão cuidadosa em cima de uma base de pedra. Seu corpo descansava de uma longa jornada.

Não existia mais a dor física, muito menos a dor espiritual, causadas pelos infinitos pecados da humanidade.

— Sei que minha missão ainda não terminou. Temos que descer até o Hades e resgatar alguns santos. Tenho que conversar com alguns anjos caídos, que foram enganados por Lúcifer, mas que, arrependidos, ajudaram muito Noé na construção da arca — falou Yeshua, continuando:

— Muito bem, Gabriel. Não vamos perder tempo. Estou ansioso para encontrar os grandes Profetas e os Santos que foram martirizados desde o início da criação.

Yeshua e mais uma legião de anjos se prepararam para uma viagem às profundezas da Terra: o Hades, o lugar dos mortos.

A viagem ao submundo escoltada pelos anjos terminou em uma grande porta de bronze. Alguns anjos, que mantinham a guarda do local, eram portadores da chave de acesso ao Hades, mas ela só poderia ser aberta por quem tinha o poder sobre a morte. Essa porta foi aberta imediatamente com a chegada da comitiva celestial e de Cristo, o Mestre, o Único a quem foi permitido acessar e a se retirar do Hades.

Uma luz semelhante ao que o acordou despertou uma multidão que há milênios, ou mesmo há poucos momentos, estavam a sua espera.

Aqueles que despertaram, vendo o Enviado, colocaram-se de rosto em terra, pois sabiam que seriam resgatados ao terceiro céu pela promessa. Os que permaneceram adormecidos teriam que esperar uma próxima oportunidade para serem julgados, mas teriam um grande julgamento em amor e seguiriam um caminho oferecido entre as muitas moradas do Altíssimo.

E alguns humanos, como alguns anjos caídos, presos em correntes eternas, enganados por Lúcifer, infelizmente seguiriam à profundeza maior, chamada de Inferno, lugar de comando do Príncipe das Trevas, que se tornara adversário do Altíssimo.

*****

Lúcifer, o mesmo que esteve perambulando pelo deserto, aquele que imaginou alguma fragilidade do Profeta, decorrente da fome e sede, ou muito provavelmente frágil emocionalmente pela missão que teria que cumprir, foi inacreditavelmente derrotado em sua totalidade.

Aquele mesmo, o enganador, que imaginou ter a presa fácil pelas promessas de poder, estava nas profundezas do abismo tenebroso checando as correntes que seguravam seus anjos, achando-se dono do Hades e de todos que em algum momento se sentiu responsável pela morte.

— Como vai, Lúcifer? — falou Yeshua, colocando-se frente a frente àquela figura desprezível e horrenda.

Lúcifer estava em seu estado físico natural das profundezas, disforme e com dificuldade de encarar o profeta pela luz insuportável que irradiava e queimava suas entranhas: mistura de maldades com terror, doenças e desgraças.

— O que aconteceu? — grunhiu Lúcifer, olhando de esgueiro e se arrastando para trás de uma pedra. — Era para você estar dormindo como todos os outros. Fiz tudo correto. Convenci muitos para que acontecesse sua eliminação, sua morte. Trabalhei dia e noite na mente de pessoas de grande poder, convencendo-as de que o Messias seria uma grande catástrofe. Achei pessoas para eliminá-lo, para não permitir mais um plano de redenção da raça humana. Consegui que tivesse a morte mais dolorosa possível, mais injusta possível, apesar de uma meia dúzia de apaixonados tentar de qualquer maneira evitar sua crucificação. Fizeram tudo que podiam e estão lá, neste exato momento, inconformados com tudo. O que você está fazendo aqui, nas profundezas do Hades? — finalizou Lúcifer, torcido, sem fixar o olhar no Messias.

— Tu sabes que o Altíssimo me deu o poder de quebrar as correntes, assim como me deu o poder sobre a morte e a vida. Estou aqui para resgatar Santos e Profetas, resgatar pessoas que foram martirizadas pela sua maldade. Quebrarei o jugo de alguns anjos caídos que ajudaram Noé a sobreviver ao dilúvio — falou Yeshua.

— Sabia que você estaria por aqui, então aproveito a minha vinda a este lugar para dizer que minha morte era o plano. Esse era o plano do Altíssimo. Por mais que boas pessoas tenham tentado, sem sucesso, evitar a minha crucificação, as profecias tinham que acontecer. Todos terão sua premiação no reino, mas a minha morte era inevitável.

— Como não percebi?! Morte e ressurreição! — esbravejou Lúcifer, batendo violentamente a cabeça repetidas vezes na rocha que o escondia da luz.

Sob o olhar atônito de Gabriel e alguns anjos, a rocha era quebrada pela ira de Lúcifer, desmanchando-se em fragmentos fumegantes, evidenciando tamanha fúria.

*****

Imediatamente, Satã gritou:

— Ai de nós, Lúcifer! Permitistes que fôssemos conquistados. Trouxestes até aqui aquele que tem poder sobre todas as coisas.

Yeshua, então, falou:

— Arcanjo Gabriel, prenda Satã com correntes de ferro. Mas prenda firmemente seus pés, suas mãos e seu pescoço, para que seja enviado ao inferno e fique por lá até minha segunda vinda.

— Lúcifer — falou Satã —, que necessidades tinhas em organizar a crucificação do Cristo de Deus? Veja! Todos que ganhamos por meio da enganação perdemos pela Cruz. Agora condenastes também a mim. O que se passou pela tua cabeça em planejar algo dessa natureza, sabendo do poder que o Enviado demonstrava sempre que se confrontava com nossos escravos.

Agora a obra estava consumada. Faltava apenas a ressurreição, que seria o fechamento perfeito do plano do Altíssimo para a criação.

A presença de Yeshua e seus anjos no Hades.

— Amanhã será o ápice do plano. A ressurreição do Filho, aquele que você conhece muito bem desde o início. A minha humanidade foi necessária para entender os pecados do mundo e servir de sacrifício vivo, o derramar de sangue definitivo e único para a purificação da criação — falou Yeshua a Satã.

*****

— Gabriel, vamos prosseguir com nosso trabalho sem perda de mais tempo. Levaremos esse povo santo aos céus e voltaremos ao túmulo para completar as profecias. Acorde aquele que está dormindo. — Yeshua apontou para um homem dormindo numa das pedras de descanso.

— Quem é esse, Mestre? Não o reconheço. É algum profeta? — Perguntou Gabriel.

— Não, Gabriel. É Dimas. Ele foi crucificado ontem comigo. Era o que estava a minha direita. Eu prometi que estaria comigo no céu ainda hoje.

O arcanjo, então, conduziu todos os que tinham sido acordados com a "Luz". Profetas, patriarcas, mártires e justos, foram todos encaminhados para fora da escuridão.

*****

Antes do fim do shabat, Gabriel, Yeshua e outros anjos retornaram ao túmulo lacrado de Arimateia.

Todo trabalho do sétimo dia tinha sido executado com excelência.

Ao aparecimento das três primeiras estrelas naquele sábado, Yeshua verbalizou as palavras: "**Atá Adonai Elohênu mélech haolam shenatán shabatót**" — "Bendito és tu Adonai, nosso Deus, Rei do Universo que nos deu o dia de descanso".

Então o corpo estendido em descanso levantou-se ressurreto, pronto para uma nova missão: agregar e incentivar novamente seus frágeis seguidores, que provavelmente estavam dispersos. Alguns sozinhos, outros em grupos desanimados, apesar de tudo o que tinha sido vivido e presenciado.

Epílogo

Cléofas e sua esposa Maria seguiam a pé pelo caminho de Emaús. Precisavam de uma caminhada de algumas horas para acalmarem o coração. Tinham presenciado algo que jamais esperavam ver, a maior brutalidade e violência a que um ser humano poderia ser submetido. Estavam todos abalados, tinham perdido a esperança por conta da crucificação.

A estrada de Emaús não deixava de ser uma ponte de reflexão. Era uma fuga de Jerusalém para sarar os corações feridos.

O silêncio de Cléofas e Maria dizia tudo que estavam sentindo. Não tinham palavras para comentar o ocorrido.

Nicodemos e Arimateia tinham saído um pouco mais cedo e ficariam na casa de Cléofas por alguns dias. Era necessário passar um período longe de Jerusalém até que as coisas se acalmassem no Sinédrio, no Palácio de Pilatos e, principalmente, no Templo de Caifás.

*****

Cléofas percebeu um caminhante bem próximo ao seu lado, mas não tinha forças para levantar os olhos do chão.

— Vocês estão indo para Emaús? — Perguntou o caminhante.

— Sim, Amigo. Estamos voltando de Jerusalém — responde Cléofas, ainda sem levantar o rosto.

Maria de Cléofas caminhava a uns dez passos à frente e não tinha percebido a nova companhia.

— Parece que vocês estão tristes. Pode me contar o que aconteceu?

— Meu amigo, parece que você é a única pessoa da Região que não sabe o que aconteceu em Jerusalém. Nosso Profeta, o

Messias, foi crucificado injustamente pelas forças religiosas do Sumo Sacerdote, afiançados por Pilatos.

— Pilatos não poderia ter cedido às acusações falsas de Caifás e de alguns integrantes do Sinédrio — continuou Cléofas. — Ele sabia que o povo que estava gritando e tumultuando o julgamento era gente comprada para isso.

— Todas aquelas pessoas gritando para que o crucificassem na verdade estavam sendo pagas com recursos do Templo. Pilatos sabia disso e de repente, do nada, lavou as mãos. Fizemos de tudo que podíamos, e no final sobrou para Nicodemos e Arimateia resgatarem o corpo e sepultá-lo em um túmulo da família.

— Interessante essa história... — comentou o caminhante, dando uma pausa na frase, esperando que Cléofas se apresentasse.

— Cléofas é o meu nome. Na frente é minha esposa. Ela também foi seguidora do Profeta. No Domingo de Páscoa, algumas mulheres que o acompanhavam foram ao túmulo e o encontraram vazio. Apesar de toda vigilância dos centuriões, roubaram o corpo do nosso profeta. Impossível com toda a guarda que estava lá, fazendo vigília dia e noite. É o que o grupo de Caifás está espalhando para culpar os seguidores. Bem, é somente isso que sabemos... Está indo para onde, amigo?

— Estou indo a Emaús. Vou me encontrar com dois bons amigos. Por enquanto também preciso caminhar um pouco para refletir sobre muitas coisas que aconteceram nos últimos dias. Nada como esta estrada de Emaús para colocar as nossas emoções em seus devidos lugares.

Cléofas e Maria não entenderam nada, mas isso também já não importava. Só perceberam o sorriso gentil daquele andante, como se o conhecessem há muito tempo.

Continuaram os três em silêncio pelo caminho acidentado e poeirento de Emaús.

*****

Chegando em Emaús, deveriam se despedir do companheiro de caminhada, mas Cléofas falou:

— Amigo, como já é tarde, convidamos você para passar a noite aqui, com a gente. Permaneça conosco até amanhã.

— Obrigado, Cléofas. Estou precisando mesmo de um bom descanso. Vou aceitar seu convite — responde o Caminhante.

*****

Naquele momento, Nicodemos e Arimateia já estavam aguardando Cléofas e Maria na casa ao lado da sede. Todos estavam exaustos e famintos. Tinham saído de Jerusalém muito cedo, pois não queriam ficar expostos a qualquer ameaça de Caifás, já que tinham se oferecido para resgatarem o corpo da cruz e sepultá-lo em um túmulo, uma afronta ao Sinédrio.

— Vamos nos sentar e usufruir desta linda refeição preparada por Maria — comentou Cléofas.

— Vou chamar uma pessoa que veio caminhando conosco desde Jerusalém. Deve estar com fome também.

Estavam todos à mesa quando o Caminhante chegou e se juntou ao grupo.

— Boa noite, Arimateia.

— Boa noite, Nicodemos — cumprimentou Yeshua, que continuou:

— Parece que nossos caminhos se cruzam a todo o momento. Antes de mais nada, quero agradecer a coragem e os cuidados que tiveram comigo nos momentos não muito favoráveis. — Yeshua abriu o sorriso de quem já tinha completado a parte dolorosa do plano do Altíssimo.

— Rabi! Rabi! És tu! — exclamou Nicodemos, jogando-se aos pés do Profeta.

Cléofas e Arimateia ficaram paralisados ao reconhecerem o Profeta, o Messias, aquele que tinham tirado do madeiro e sepultado no túmulo do jardim.

— Levante-se, Nicodemos — ordenou Yeshua. — Tudo acabou bem. Tudo conforme o combinado, tudo conforme as profecias.

— Agora podemos nos sentar tranquilamente à mesa e comemorar nossa vitória, apesar de muitos ainda estarem achando que foi uma derrota, não é mesmo, Cléofas?

Cléofas não conseguia articular qualquer palavra... Estava em choque.

Yeshua pegou o pão que estava sob a mesa, deu graças e o partiu dizendo:

— Este é o meu corpo. Comam em minha memória.

Então pegou um cálice de vinho e disse:

— Bebam. Este é o meu sangue derramado por vós.

FIM